당신의 그림에 답할게요

8인의 시인, 8인의 화가
천진하게 들끓는 시절을 추억하며

당신의
그림에
답할게요

초판 1쇄 인쇄 2022. 11. 28
초판 1쇄 발행 2022. 12. 14
지은이 김연덕, 박세미, 서윤후, 신미나, 안희연, 오은, 이현호, 최재원
펴낸이 지미정
편집 강지수, 문혜영
디자인 송지애
마케팅 권순민, 김예진, 박장희
펴낸곳 미술문화
주소 경기도 고양시 일산동구 고양대로1021번길 33 402호
전화 02. 335. 2964 팩스 031. 901. 2965
홈페이지 www.misulmun.co.kr
이메일 misulmun@misulmun.co.kr
포스트 https://post.naver.com/misulmun2012 인스타그램 @misul_munhwa

출판등록 1994.3.30 제2014-000189호

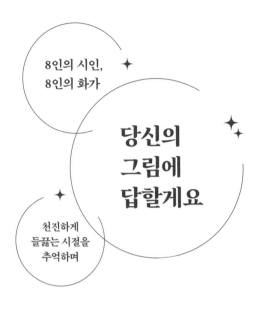

8인의 시인,
8인의 화가

당신의
그림에
답할게요

천진하게
들끓는 시절을
추억하며

김연덕   박세미   서윤후   신미나

안희연   오 은   이현호   최재원

흔들판

들어가며

시와 그림을 나란히 놓고 바라봅니다. 한쪽은 글로 쓴 예술이고 한쪽은 선과 색으로 그린 예술이네요. 보다 엄밀한 설명도 가능하겠지만 그건 너무도 복잡하고 심오한 세계라 이쯤에서 넘어가 봅니다.

시와 그림은 자주 한데 묶였습니다. 말하지 않음으로써, 말을 줄임으로써 말해지는 무언가가 담겨 있다는 공통점 때문일까요? 대상을 구체적으로도 추상적으로도 표현할 수 있지만 어느 쪽이든 결국 읽고 감상하는 이의 관점에 따라 무한히 다르게 해석될 수 있다는 공통점 때문일까요? 아무래도 좋습니다. 시와 그림은 조용히 우리의 마음을 부수고 깨뜨리고 치유하고 복원한다는 점에서, 이토록 희미한 세상의 한 구석을 한결같이 예리하게 투사해 헤집어 놓는다는 점에서, 가장 잘 어울리는 한 쌍이니까요.

『당신의 그림에 답할게요』는 시와 그림을 적나라하게 사랑하고 싶어서 시작된 책입니다. 쪼르르 흐르는 물줄기에 이런저런 단어를 헹궈 알맹이만 남기고, 단어의 모서리를 잘게 갈아 우리 앞에 내놓는 시인들이 그림을 이야기한다면 어떨까? 시인의 눈에 비친 색은 어떤 빛깔일까? 어떤 그림이 그들을 속수무책으로 울게 했을까? 아름다움과 아름다움이 만나 터져버리는 건 아닐까?

누군가는 그림 속에서 영원을 보았고요. 누군가는 화가의 삶 속에서 스스로를 보았습니다. 그림은 저마다 다른 방식으로 시인과 접촉했습니다. 그 접촉의 순간은 한 편의 글로 남아 지금 여기에 도착했습니다. 이 글은 또 새로운 누군가를 만나 생경한 촉감을 남기겠지요.

책을 펼쳐든 여러분. 문득 느껴지는 감각에 놀라지 마세요. 그것은 끈끈하게 엉겨들어 한 덩이가 된 시와 그림이 여러분에게 가닿는 느낌입니다.

미술문화 편집부

차례

안희연 × 파울 클레

외발로 하는 멀리뛰기

_____ **안희연**

1986년 성남에서 태어났다. 2012년 창비신인시인상을 수상하며 작품 활동을 시작했다. 시집 『너의 슬픔이 끼어들 때』, 『밤이라고 부르는 것들 속에는』, 『여름 언덕에서 배운 것』과 산문집 『당신은 나를 열어 바닥까지 휘젓고』, 『단어의 집』 등을 펴냈다. 다시 태어나면 그림 그리는 사람으로 살고 싶다고 소망할 만큼 미술을 사랑한다. 그림이 나를 발견해 주기를, 나를 상처 입히고 먼 곳으로 데려다주기를 늘 바란다.

_____ **파울 클레 (Paul Klee, 1879~1940)**

스위스 뮌헨부흐제의 음악가 집안에서 태어났다. 7살 때부터 바이올린을 배웠고 11살에는 베른 교향악단의 특별 단원이 될 정도로 실력이 뛰어났지만 음악가가 아닌 화가의 길을 선택했다. 클레는 회화를 선택한 후에도 바그너, 슈트라우스, 모차르트에 심취했고 그들로부터 많은 영향을 받았다. 또한 많은 시를 썼으며, 작품의 제목을 자신의 시에서 따오기도 했다. 색채와 리듬을 결합하려 한 클레의 작품은 어느 한 사조로 분류할 수 없을 만큼 독특하고 고유하다.

판도라의 상자 열기

작가들 사이에 통용되는 농담이 있다. "내가 죽거든 당장 우리 집으로 달려가 노트북을 켜고 쓰다 만 글 좀 지워줘. 마지막에 휴지통 비우기 버튼 누르는 거 잊지 말고……."

만일 내가 독자 입장이라면 저명한 작가의 사후에 미출간 원고가 발견되었다는 소식에 환호했을 것이다. 유고, 최후, 역작 같은 단어들이 나열된 책 홍보 문구에 심장이 벌렁거렸겠지. 하지만 작가 입장에서는 눈앞이 아찔해지는 공포다. 작가가 살아생전 출간을 원치 않았을 가능성을 염두에 둔다면 더더욱.

일례로 카프카는 친구에게 완전히 배신(?)을 당했었다.

그의 친구였던 막스 브로트는 사후 자신의 모든 원고를 불태워달라는 카프카의 부탁을 들어주지 않았다. 카프카의 글은 소설은 물론 일기, 편지까지 모조리 출간되어 읽히고 있다. 막스 브로트가 아니었더라면 세계 문학계가 카프카라는 장르를 얻지 못했을 터이지만 카프카 입장에서는 억울했을 것 같다. 아닌가. 그래도 세상이 완전히 망가지지는 않았어, 걸작을 알아보는군, 혼잣말하며 자신이 만든 성 꼭대기에 앉아 흐뭇한 미소를 짓고 계시려나.

뜬금없이 이런 이야기를 늘어놓는 이유는 내게도 그런 판도라의 상자가 있기 때문이다. 손가락 두 마디 정도의 은빛 물체, 나의 USB 말이다. 혹 먼지가 뽀얗게 내려앉은 육필 원고 상자를 상상하셨다면 죄송합니다. 모든 것이 디지털화되어 가는 시대 아닌가요. 네, 시는 노트북으로 쓰고요. 클라우드나 USB에 저장합니다. 모쪼록 이 USB는 지난 10년간 한 번도 열린 적이 없다. 이 USB에는 내가 대학 입학 후 처음 썼던 시를 비롯해 내가 가장 시에 생생했을 때의 기록이 모조리 담겨 있다. 시 때문에 울고 웃고 밤을 지새우던 때. 응모와 낙방의 지루한 사이클 속에서 다시는 시를 쓰지 않겠다며 여행을 떠나던 때. 다시 돌아와 처음인 것처럼 붙들렸을 때. 모든 과거가 그러하듯 부끄럽고 어설프다는 걸 알면서도 버리지 못한다. 그렇다고 다시 열어보지도 못한다. 말 그대로 애물단지. 친구여, 내가 죽거든 노트북 휴지통을 비운 뒤 책상 첫 번째 서랍에서 은색 USB를 꺼내 깊은 바닷물에(바다까지 갈 시간 없으면 물이라도 펄펄 끓여 부어주겠니)……

그런데 사람 마음이라는 게 참, 얄궂기도 하지. 하루는 그 USB가 열어보고 싶어진 것이다. 시간의 침식을 거친 과거는 대체로 두 갈래 길에 놓인다. '역시 그렇군' 체념하거나 의외의 보석이었다며 놀라거나. 노트북에 USB를 꽂으며 나는 뭘 기대했던 걸까. 뭘 찾고 싶었던 걸까. 딸깍 소리와 함께 창이 열렸다. 그리고 보이는 폴더 하나.

'나의 시가 되고 싶지 않은 나의 시'

밀물이었다.

나의 시가 되고 싶지 않은 나의 시

'나의 시가 되고 싶지 않은 나의 시' 폴더에는 150여 편이 넘는 시가 담겨 있었다. '나의 시가 되고 싶지 않은 나의 시'라는 폴더명은 최승자 시인의 시 제목을 따 붙여둔 것이었다. 그래, 맞아. 나의 이십 대는 최승자였지. 그 시에 제대로 찔렸었다. 그전까지는 시의 마음을 헤아려 볼 생각 자체를 못했으니까. 시가 하나의 생명이라면 자신을 태어나게 한 장본인에게 따져 묻고 싶지 않겠는가. 왜 나를 이 지긋지긋한 세상으로 데려온 거야? 나는 네 시가 되기 싫다고!(정말 그럴까 봐 겁이 나서 폴더명으로 선수 친 것도 있다.)

진짜가 뭔지도 모르면서 진위 여부를 손쉽게 논하던 시절, 나에게 시는 뜨겁다 못해 끓어 증발해야 하는 무엇이었다. 적당히 아픈 건 진짜로 아픈 게 아니라고 생각했다. 그때 내 삶은 무수한 등호(=)들로 이루어져 있었다. 너는 나야. 가장 따뜻한 색은 파랑이야. 이 시간의 이름은 춤이야. 단순하고 명료한 은유의 세계. 모든 것엔 분명한 이유가 있고(있어야 하며) 불투명한 것은 진실하지 못하다고 여기던.

그때의 나는 자신만만하고 오만했다. 지금 같으면 별로

친구 하고 싶지 않은 종류의 인간이다. 그래도 시를 생각하는 마음만큼은 정말로 눈부셨던 것 같다. 이 끝없이 이어지는 제목의 향연을 보라. 《집시 여인》, 《과육들》, 《합숙소》, 《벽돌의 맛》, 《정물의 외출》, 《도난》, 《목적지가 지워진 약도를 동봉한다》…… 아래로 아래로 스크롤만 내렸을 뿐인데 시의 소나기가 쏟아지는 기분. 역시 과거는 우산을 필요로 한다. 방심하면 쫄딱 젖기 십상이다.

그런데 이건 무슨 시였더라? 유독 제목 하나가 눈에 들어온다. 《그녀는 소리를 지르고 우리는 연주한다》라니, 내가 쓴 문장이라기엔 영 낯설었다. 나는 파일을 클릭해 보았다. 문을 열고 또 문을 열며 들어갔다. 그러자 거기, 내용은 텅 비어 있고 제목과 주석만 덩그러니 남아 있는 시가 나타났다.

그녀는 소리를 지르고 우리는 연주한다*

* 파울 클레.

〈그녀는 소리를 지르고 우리는 연주한다Sie brült, wir spielen(She bellows, we play)〉
1928, 캔버스에 유채, 43.5×56.5cm, 파울 클레 센터

파울 클레? 정신이 번쩍 났다. 그래, 나의 이십 대는 최승자이자 클레였지. 이십 대 내내 그토록 사랑했던 이름을 까맣게 잊고 있었다니. 클레의 이름을 보는 순간 머릿속에서 불빛이 번뜩였다. 그래 저 그림! 생각났어! 나는 클레의 작품을 보고 신선한 충격에 사로잡혔고 그것을 언어화하려는 야심 찬 계획을 세웠던 것이다. 작품도 작품이지만 저 제목, '그녀는 소리를 지르고 우리는 연주한다'라는 문장이 나의 상상을 마구마구 자극했던 것이 틀림없다. 그녀는 누구이고 우리는 누구인가. 그녀는 왜 우리와 구분되어 있는가(누가 그녀를 탈락시키는가). 그녀는 왜 소리를 지르는 존재로 묘사되는가. 물론 영어 제목, 'She bellows, we play'의 번역을 면밀히 검토하는 것이 순서겠지만 이미 정신의 한쪽 문은 열린 뒤였다. 한 줄의 문장이 하나의 이야기를, 세계를 열어젖혔던 것이다.

그녀는 나였고(알다시피 나는 등호의 세계를 살고 있었다), 이 세계 속에서 탈락된 이방인이었다(친구여, 그 무렵 나는 싸이월드 대문에 'Hello, Stranger!'라는 문구를 대문짝만하게 적어 두었었다. 오, 나의 클로저, 데이미언 라이스……). 고독의 항아리에 갇힌 뱀의 얼굴을 매일 밤 마주하던 시절이었다.

감수성이 충만하다 못해 항아리 밖으로 콸콸 흘러넘치던 그때, 백지는 두려움의 대상이 아니라 나의 쏟아짐을 받아 안아주는 장소였다. 그러니 그림 같은 건 마음만 먹으면 얼마든 시로 옮길 수 있다고 자신만만했을 것이다. 결과적으로 나의 시도는 미수에 그쳤다. 제목과 주석만 초라하게 남은 저 광활한 실패를 보라. 아마 시를 쓰면서 처음으로 마주한 장벽이 아니었을까. 모든 자극이 다 시가 되지는 않는다는 것, 어떤 그림은 그 자체로 크고 넓어 언어가 되기를 거부한다는 것.

그리고 나는 다시 그림 앞에 선다. 같은 그림을 본다.

그녀의 풀무질

십여 년 만에 다시 마주한 그림은 여전히 놀라운 에너지를 뿜어내고 있다. 이미지의 구도는 단순하다. 화면을 절반으로 분할했을 때 오른편에는 '그녀'(로 추정되는 존재)가, 왼편에는 '우리'가 있다. 불시에 이런 생각이 스친다. 이런 구획도 내 시선의 편견이 작동한 결과는 아닐까? 왼편이 그녀이고 오른편이 우리일 수도 있지 않을까? 그렇지만 대개의 경우 그녀는 단수를, 우리는 복수를 지칭하므로 일단은 처음의 구분을 따라보기로 한다.

그림 속 동물의 정체는 무엇일까. 개이거나 늑대? 아니면 염소? 어떤 동물인지는 정확하지 않으나 그녀는 지금 허공을 바라보며 소리치는 중이다. 노래를 하는 것 같기도, 울부짖으며 구조 신호를 보내는 것 같기도 하다. 제목에 쓰여 있는 'bellows'는 보통 '풀무질'이라 번역된다. 풀무는 '불을 피울 때 바람을 일으키는 기구'를 뜻하므로 아마도 그녀는 불을 피우기 위한 바람 — 악기의 역할을 수행하고 있는 듯하다.

그녀의 왼편에는 'play'하는 세 마리의 우리가 있다. play에는 여러 뜻이 있다. 그들의 행위를 연주로 이해할 수도, 놀이로 이해할 수도 있겠다. 내게는 후자의 의미로 다가온다. 세 마리의 우리는 배를 까뒤집거나 서로에게 뺨을 비비며 장난을 하는 모양새다. 그녀보다 몸집이 작은 것으로 보아 (그녀의) 새끼들로 추정되기도 한다. 이 경우, 그녀는 어미의 역할을 수행하는 존재로 탈바꿈된다(그럴 때 서사는 보다 복잡해지고 비극은 극대화된다). 그녀에게 무슨 일이 있었던 것일까. 알 길은 없다. 다만 그녀의 시선이 우리를 향해 있지 않다는 사실만은 분명하게 확인할 수 있다. 그녀는 우리로부터 등을 돌린 채 프레임 바깥의 허공을 바라본다. 거기 있는 게 무엇인지, 있기는 한 건지 모르겠지만.

그녀는 붉고 우리는 푸르다. 그들은 구도뿐 아니라 색色으로도 명확히 구분된다. 하지만 양쪽 모두 실루엣으로 표현되어 있어 존재의 내부가 투명하게 들여다보인다. 모든 존재는 그들을 둘러싼 세계에 얼룩을 남기는 법이다. 그림에서도 확인할 수 있다. 붉은 실루엣은 붉은 얼룩을, 푸른 실루엣은 푸른 얼룩을 남긴다. 얼룩은 경계 없이 스미고 번지는 속성이 있다. 구름처럼 뭉쳐지기도 한다. 그녀의 머리 위를 보라. 유독 채도가 높은 고기압 구간이 있다. 금방이라도 비를 쏟을 것 같은 불안이다.

나는 이 그림을 왜 시로 옮기고 싶었던 걸까. 과거의 나는 여기 없으므로 대답을 들을 수 없지만 현재의 나라면 이렇게 답할 것 같다. 그림 속 그녀의 '방향'에 감정이입을 하였노라고. 그녀에게서 프레임 밖으로 도망치고 싶은 나 자신을 보았고, 등 뒤에 남겨둔(돌아보면 거기 있다, 사라지지 않는다) 나의 조각들을 보았노라고. 쓰다 만 시, 과거의 실패들, 비겁하고 못난 마음들, 죄책감과 상처……. 그것들이 내 등 뒤에서 천진하게 뺨을 비비고 배를 까뒤집고 놀고 있다는 사실이 나를 더욱 화나게 만들었다. 서로를 할퀴고 잡아먹고 그래서 나를 질리게 만들었다면 뒤도 돌아보지 않고 떠났을 텐데.

이 그림은 내 손에 주렁주렁한 질문 풍선을 쥐어 주었다. 그녀의 풀무질의 의미를 그들은 알까. 그녀가 일으키는 바람이, 그로 인해 활활 일어나는 불길이 무엇을 잃고 견딘 결과인지 그들은 알까. 아는 게 비극일까 모르는 게 비극일까. 클레는 어떤 마음으로 이 그림을 그렸을까. 그에게도 깊이를 잴 수 없는 고독의 항아리가 있었던 것일까.

그러나 여전히 이 마음을 시로 옮겨낼 자신은 없다. 뭐라도 쓰려면 그림과 내가 보폭을 맞춰 함께 걸어야 하는데 그림이 저만치 나를 앞질러 가버렸기 때문이다. 클레의 그림은 언제나 그랬다. 나를 한참 앞질러 갔다.

나는 단지 통로일 뿐입니다

판도라의 상자가 열린 뒤, 나는 한동안 클레의 영향 아래에 놓여 있었다. 클레에 관한 책을 닥치는 대로 찾아 읽고 그의 그림을 인쇄해 책상에 붙여두기도 했다. 시가 잘 쓰이지 않을 땐 그의 그림을 봤다. 시는 여전히 답보 상태를 면치 못했지만 마음만은 세차게 일렁였다.

한동안 책상에 붙여두었던 그림은 〈전나무의 개념〉이었다. 이 그림에는 클레가 작업을 할 때 무엇을 중요하게 생각했는지에 대한 힌트가 담겨 있다. 『현대미술을 찾아서』(파울 클레, 열화당, 2014)에는 그가 예술 작품의 창조를 나무의 성장에 빗댄 대목이 나온다. 화가는 나무의 성장을 돕는 '통로'이며, 나무 정상부의 성장을 위해 최선의 노력을 기울여야 한다는 이야기.

클레는 누구보다 작품이 지닌 정신적인 힘을 강조한 화가였다. 그의 작품이 왜 좋았는지를 생각해 보면 언제나 무언가를 밀어 올리는 힘이 느껴졌기 때문인 것 같다. 대학 과정에 개설된 미술 관련 수업을 빠짐없이 챙겨 들었지만 주로는 미술을 '해석'하는 수업들이었다. 벨라스케스의 〈시

〈전나무의 개념*Die idee der tannen(The idea of firs)*〉
1917, 판지에 붙인 종이에 수채·흑연, 24×16cm, 구겐하임 미술관

녀들〉 같은 작품을 화면에 띄워놓고 숨은 상징을 파헤쳐 가는. 그것도 꽤 흥미로운 작업이기는 했으나 작품이 내뿜는 에너지가 마음에까지 이르지는 않았다. 배우는 그림 말고 느끼는 그림, 이해하지 않아도 이미 아픈 그림을 만나고 싶었다.

클레는 달랐다. 클레의 그림 앞에선 침착하려 해도 휘저어졌다. 단순한데 깊고 골똘했다. 무엇보다 작품 안에서 추상의 역할이 분명하다는 점이 좋았다. 현실을 똑바로 옮겨내는 작업도 소중하지만 내게 보다 위안이 되는 그림은 물컵에 담긴 쇠젓가락처럼 신비로운 굴절이 일어나는 작품들이었다.

〈전나무의 개념〉을 마주했을 때도 그랬다. 나는 분명 아까와 같은 장소에 놓여 있는데 정신의 고개가 오른쪽으로 45도 정도 기울어지면서 어딘가로 빨려 들어가는 듯한 느낌이 강하게 들었다. 굉장한 체험이었다. 전나무의 힘이 어찌나 강력하던지, 이미 상반신은 그림 속으로 빨려 들어가 있었는지도 모른다. 정신을 차리고 서둘러 뒷걸음질을 쳐야 했다.

세상의 많고 많은 나무 가운데 왜 전나무였을까. 내가

아는 전나무에 대한 정보는 추위에 강한 종(북방 침엽수림)이며 잎이 바늘처럼 얇고 뾰족하다는 것 정도. 그런데 이 그림에서는 전나무가 아닌 다른 나무였거나 나무가 아닌 제삼의 무엇이었더라도 상관없었을 것 같다. 이 그림은 빨려듦—이동 자체가 더 중요한 작품이라는 생각이 들어서다. 클레가 본 것은 창밖에 놓인 정적인 한 그루의 나무였을 확률이 크다. 그러나 우리가 마주한 것은 역동적인 전나무, 클레의 시선으로 굴절된 젓가락이다. 이러한 굴절 덕분에 나는 기꺼이 상반신을 그림 속에 집어넣고 상상할 수 있다. 나의 전나무는 무엇인가. 나는 어떨 때 생각의 늪에 빠져 허우적거리는가.

생각해 보면 내게도 이런 나무가 있다. 백지를 앞에 두고 홀로 있을 때 백지가 나를 빨아들이는 것 같은 기분에 자주 사로잡힌다. 백지는 나를 추운 겨울로 데려간다. 폭설의 한가운데로 데려간다. 첫 문장을 쓰기도 전에 이미 눈 속에 발이 빠져 있다. 주위를 둘러봐도 아무도 없다. 서둘러 걸음을 옮기지 않으면 꼼짝없이 갇혀버리고 말 것이다. 나는 이곳을 벗어나고 싶다. 타닥타닥 타오르는 모닥불과 담요, 오목한 나무 그릇에 담긴 수프가 간절해진다. 하지만 이

전으로 되돌아갈 방법은 없다. 나는 눈앞의 전나무를 본다. 손에 닿을 듯 가깝지만 손에 닿지는 않는다. 시간이 흐를수록 더 멀어지는 것 같기도 하다. 전나무는 그런 것이다. 영원한 평행선처럼 거기 있다.

나는 내가 시적으로 구현하려는 모든 대상이 클레의 그림 속 전나무와 닮아 있다고 느낀다. 시를 쓰는 행위는 한 그루의 전나무를 향해 가는 여정과 같다. 클레의 말마따나 작가로서의 나의 육체는 일종의 통로이자 복도, 터널에 불과하다. 나는 나를 통과해 솟아오르는 전나무의 정상부(상층부)를 보고 싶다. 나로 인해 솟아오른 시의 나무가 무엇보다 추위에 강했으면 좋겠다. 바늘처럼 뾰족한 잎으로 이 세계에 만연한 고독과 공포를 찌를 수 있기를 바란다.

클레의 그림은 속삭인다. 보이는 것 너머가 있어. 우리의 영혼은 은밀한 안개에 휩싸여 있어. 가시적인 색채가 아닌 정신적인 색채를 추구해야 해. 참다운 진실을 마주하려면 눈 말고도 다른 많은 것이 필요해. 클레의 메시지에 나는 나대로 시의 답장을 쓴다.

밤마다 책장을 펼쳐 버려진 행성으로 갔다

나에게 두 개의 시간이 생긴 것이다

《역광의 세계》

내가 궁금한 것은 가시권 밖의 안부

(⋯)

나는 눈 뜨면 끊어질 것 같은 그네를 타고

일초에 하나씩

새로운 옆을 만든다

《백색 공간》

가볼 수 있는 데까지 가보려는 노력. 볼 수 없고 들을 수 없는 세계로 내딛는 걸음들.

실제로 클레는 문학에 소질이 있어 시를 쓰기도 했다는데, 이런 면모가 그의 작품을 더욱 입체적으로 만들지 않았을까. 시와 음악과 회화라는 단단한 삼각형 안에 담긴 클레를 상상해 본다. 상상만으로도 아름답다.

녹색 위의 착오

클레는 죽기 1년 전 여러 점의 천사 연작을 그렸다고 알려져 있다. 〈건망증이 심한 천사 *Vergesslicher engel*〉처럼 '클레' 하면 단박에 떠오르는 작품도 물론 좋지만 나는 그의 방대한 작품 가운데서도 자화상(을 비롯한 인물 그림)을 각별히 아낀다. 클레의 인물 그림은 마치 어린아이가 그린 듯 허술해 보이는 게 매력이다. 자세히 보면 전혀 허술하지 않고 도리어 극도의 정교함이 엿보이지만 말이다.

자화상 중에서 가장 널리 알려진 작품은 아마도 〈세네치오〉일 것이다. 하지만 내 마음을 더 깊게 오래 찌르는 작품은 〈녹색 위의 착오〉 쪽이다. 이야기는 훨씬 풍부한데 끝내 풀리지 않는 부분이 있어서다. 이 그림을 자화상으로 분류해도 될지 모르겠다. 클레 본인을 그린 것인지 아닌지는 알 수 없으니까. 하지만 클레가 그린 모든 그림은 그것이 풍경화이든 단색화이든 드로잉이든 사실상 자화상이지 않을까. 좀 더 거칠게 말하면 세상에 존재하는 모든 예술 작품은 자화상이나 다름없다는 생각도 든다. 혹자는 그림 속 옷(내게는 망토로 보인다)이 치마라는 점에 착안해 인물의 성

〈세네치오Senecio〉
1922, 카드에 유채와 거즈, 40.5×38cm, 베른 미술관

별을 여성으로 특정하기도 하지만 꼭 그렇게 해석할 필요는 없을 것 같다. 내게 이 그림은 성별 이분법을 넘어, 그저 존재론적인 고독을 품은 한 사람의 이야기로 다가오는 까닭이다.

이 그림은 슬프다. 화면 속 인물이 한 방울의 눈물을 흘리고 있어서 슬프다. 눈물방울이 떨어질 듯 떨어지지 않고 그의 뺨 위에 아슬아슬하게 붙들려 있어서 슬프다. 눈썹이 얼굴을 넘어 하늘까지 치솟아 있어서, 양쪽 눈동자의 모양이 달라서 슬프다. 왼쪽 눈에 담긴 것은 그믐달이고 오른쪽 눈에 담긴 것은 둥근 해일까. 낮과 밤이 한 얼굴 안에 있어서, 두 눈이 서로 다른 시간 속에 놓여 있어서 이 그림은 슬프다.

인물 그림에서는 눈을 어떻게 표현하는지가 무척 중요하다고 생각한다. 언뜻 피카소의 자화상이 떠오르기도 한다(몇 해 전 나는 피카소의 자화상 역시 시의 언어로 번역해 보려다 처참히 실패한 기억이 있다). 피카소가 타계 1년 전에 그렸다는 자화상에서 두 눈의 크기는 다르게 표현되어 있다. 한쪽 눈은 작고 한쪽 눈은 크다. 엄밀히 말하면 눈의 크기는 엇비슷하지만 동공의 크기가 다르다는 표현이 맞겠다. 놀란 듯,

〈녹색 위의 착오*Irrung auf grün(Error on green)*〉
1930, 천에 수채, 40×38cm, 개인 소장

겁을 집어먹은 듯, 파랗게 질린 눈. 격랑이 휘몰아치는 눈. 피카소의 눈은 보다 직접적으로 감정을 노출한다. 공포의 한가운데에 있다.

반면 클레의 눈은 감정을 직접적으로 드러내는 것을 주저하는 듯하다. 그것이 슬픔이든 고독이든 안으로 감추려고 애쓴 흔적이 있다. 그런데 감춰지지가 않는다. 작게, 더 작게 울려는 사람의 슬픔과 고독이 고스란히 전해져 온다. 클레는 이 작품에 〈녹색 위의 착오〉라는 제목을 붙여 놓았다. '착오error'는 부정적으로 쓰일 때가 많은 말이다. 클레가 생각한 착오의 의미는 무엇이었을까. 이 세계로부터 탈락되었다는 느낌을, 이물감을 느끼는 자신을 이런 식으로 표현해 놓은 것일까.

제목과 작품을 포개어 볼 때 더욱 풍성한 이야기가 만들어진다는 점은 클레의 분명한 장기다. 하지만 이 작품을 더욱 신비롭게 만드는 이유는 아무래도 다른 쪽에 있는 것 같다. 작품 왼편 하단에 놓인 사다리와 발만 남은 사람의 존재 말이다. 그가 왜 저기에 있는지, 어쩌다 몸은 지워지고 한쪽 발만 남은 것인지, 그가 어떤 액션을 취하려는 것인지 알 수 없다. 울고 있는 존재와 한쪽 발만 남은 존재 사이에 어떤 역학 관계가 성립하는지도 알 수 없다. 이 모든 것이 '녹색'이라는 배경 — 조건 하에서 벌어진 하나의 '착오'라는 사실 외에는.

왜 하필 '녹색'인가에 대해서도 긴 이야기가 필요할 것이다. 다만 클레에게 색色은 선線만큼이나 중요한 요소였고 그가 가시적인 색채보다 정신적인 색채를 추구했다는 점을 염두에 둔다면 녹색이 그의 어떤 영혼의 상태를 표현하는 데 있어 가장 적합한 색이었으리라는 추측을 해볼 따름이다.

녹색을 거느린 얼굴들은 어쩔 도리 없이 나를 붙든다. 하지만 그림 하단에 놓여 있는 발만 남은 사람의 존재는 더욱 강렬한 파토스를 불러일으킨다. 그는 내게 죽음을 환기시킨다. 그는 사라졌지만 완전히 사라지지는 않았다. 다른 차원에 놓여 있지만 지척이다. 그와 나 사이에는 사다리가 있으니 조우의 가능성도 없지 않다. 하지만 우는 사람이 사다리를 타고 그에게로 건너가는 건 불가능한 일인 것 같다. 우는 사람의 발은 지상에 닿아 있기 때문이다. 결국엔 그가 오는 수밖엔 없다. 이쪽의 나는 눈물을 흘리며 기다림을 지속할 수밖에 없다. 그의 발이 사다리의 끝에 다다를 수 있을까. 우리는 다시 만날 수 있을까. 이 숱한 질문들에 아무 대답도 할 수 없어서 이 그림은 슬프다.

판도라의 상자 닫기

먼 훗날 판도라의 상자에 갇힐 시들을 또박또박 써 내려가던 무렵, 나의 시 선생님은 말씀하셨다. "희연의 시는 외발로 하는 멀리뛰기다." 나의 시 쓰기는 물처럼 흐르는 게 아니라 벽돌 위에 벽돌을 쌓듯이 이루어진다는 뜻에서 하신 말씀이었다. 문장과 문장 사이가 멀고, 그 사이에 생략된 말들도 많아 한 걸음 내딛는데 남들보다 두 배 세 배의 에너지를 필요로 한다고. 힘들더라도 그것은 내 문장이 가진 고유한 방향이니 계속 가보는 수밖엔 없다고. 쿵. 쿵. 문장을 내려놓을 때마다 땅이 울렸다. 온몸에 땀이 비 오듯 흘렀다. 왜 나에게는 온전한 두 발이 없는가. 돌아보면 엉망이 되어 있는 땅을 보면서 이렇게밖에 쓸 수 없는 스스로를 원망할 때도 많았다.

　돌이켜 생각해 보니 그 발은 〈녹색 위의 착오〉에 등장하는 발이 아니었을까 싶다. 다른 차원에 놓인 발. 사다리를 오를 수 있는 유일한 발. 억지스러운 연결일 수도 있지만 내 안에선 이상하리만큼 자명해 보인다. 울면서 나를 기다리는 사람이 눈앞에 있는데, 그의 눈물이 금방이라도 뚝 떨어지려 하는데, 서둘러 사다리를 올라야 하지 않겠는가.

그리고 자연스럽게 깨달은 사실이 있다. 지금껏 써온 나의 시들이 상당 부분 클레에게 빚지고 있었음을 알게 됐다. 가령 시에 등장하는 "발만 남은 사람"의 존재라든가 그가 나에게 건넸던 말, "해결할 수 없는 일들은 해결할 수 없는 것으로 두어야 해요"(《발만 남은 사람이 찾아왔다》)라는 전언은 사실상 클레가 하는 말이 아니었을까 싶은 것이다. 클레의 몸을 입은 과거의 내가 현재의 나에게 전하는 말이었을 수도 있겠다. 중요한 건 클레의 작품을 스펀지처럼 흡수했던 이십 대의 날들이 휘발되거나 부서지지 않고 내 안에 고스란히 남아 있었다는 사실이다. 시를 쓰려고 앉은 어느 날, 기억의 깃털이 바람에 실려와 어깨 위에 살포시 내려앉는 마법이 이루어지고 있었던 것이다.

이 이야기는 현재진행형이다. 이 글을 쓰는 동안에도 나는 클레의 그림을 책상 앞에 붙여두고 그를 새롭게 발견해

나갔다. 다 말하려고 하지 마. 모든 걸 설명하지 않아도 돼. 누구나 들어갈 수 있지만 누구도 해석할 수 없는 시의 공터, 그곳에 놓인 의자를 상상해 봐. 그저 앉아 있는 것 외엔 아무것도 할 수 없는. 등받이가 있었으면 좋겠니? 혹은 흔들의자? 나무로 된? 무엇이든 좋아. 네 시의 꼭대기에 의자를 놓아두는 행위, 그것이 바로 추상의 힘이야. 불가해한 세상을 불가해한 모습 그대로 사랑하는 최선의 방식.

앞으로도 클레의 그림은 내게 좋은 안내자가 되어줄 것이다. 그것이 내가 판도라의 상자에서 발견한 유일한 보석이다. 그래서 USB에 담긴 시들은 어떻게 되었느냐고? 그 시들을 공개할 마음이 생겼느냐고? 그럴 리가. 판도라의 상자는 애초에 열지 말라고 존재하는 것 아니던가?

친구여, 과거는 부끄럽고 미래는 참으로 멀리 있구나. 내가 죽거든 책상 첫 번째 서랍에서 은색 USB를 꺼내 깊은 바닷물에 버려주겠니. 바다까지 갈 시간이 없으면 물이라도 펄펄 끓여 부어주기를. 친구여, 이것은 나의 진심이다. 부디 막스 브로트 같은 친구는 되지 않기를 바란다. 그럼 이만 쿵. 쿵.

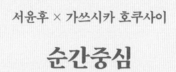

서윤후 × 가쓰시카 호쿠사이

순간중심

_____ **서윤후**

1990년 정읍에서 태어났다. 2009년 『현대시』로 등단하며 작품 활동을 시작했다. 시집 『어느 누구의 모든 동생』, 『휴가저택』, 『소소소小小小』, 『무한한 밤 홀로 미러볼 켜네』와 산문집 『햇빛세입자』, 『그만두길 잘한 것들의 목록』 등을 펴냈다. 고요한 그림 앞에서 홀로 떠들썩해지는 일을 좋아한다. 삶의 인기척이 많이 묻어 있는 그림을 만날 때면 이따금 다른 제목을 지어주곤 한다.

_____ **가쓰시카 호쿠사이** (葛飾北斎, 1760~1849)

일본 에도시대에 활약한 목판화가로, 우키요에 장르의 대표적인 작가이다. 연극적인 소재의 화려한 그림을 거부하고, 풍경에 자신의 예술가적 감수성과 상상력을 담아 표현했다. 일생동안 3만 점이 넘는 작품을 남겼다. 그의 작품은 특히 클로드 모네, 빈센트 반 고흐 등 프랑스 인상주의 화가들에게 큰 영향을 끼쳤다.

들끓음

예술에 천착해 있었던 나의 이십 대는 들끓음의 연속이었다. 불안의 파도를 만난 난파선이었고, 꺼지지 않는 불꽃이기도 했다. 움직일수록 생기를 얻었으며 나를 소진시키지 않으면 안 될 것 같아 늘 좌불안석이었다. 성급함의 범벅이었다가, 작은 실패와 성취로 담금질하던 강철이었다. 주체할 수 없이 멈추지 않는 생각들로 괴로운 날들을 보내던 이십 대는 대부분 시였다. 하고 싶은 말을 시로 받아 적는다는 그 알 수 없는 느낌에 매료되었으니까. 우연처럼 찾아와서 필연적으로 새겨지는 시를 받아내던 날이면, 꼭 무리한 운동을 한 것처럼 진이 다 빠지곤 했다. 그리고 이상하게 개운함을 느꼈다. 그 피로함으로 지쳐 있는 영혼을 세어 볼 수도 있었다. 평범한 것은 지극히 기피했고, 대중적인 것에는 콧방귀를 꼈으며 일상적인 것에선 좀처럼 영감을 얻을 수 없었다. 불안을 잠식할 수 있는 방법이 되지 못한 셈이었다. 엇비슷하거나 닮아 있다는 그 감각은 꼭 죽는 일을 선고받는 것만 같았다. 그러나 이 모든 것은 들끓음이 보여 준 환각 상태였다는 것을 삼십 대가 되어서야 비로소 깨달았다. 이십 대 자체가 들끓음의 거품을 무질서하게 가로지르는 시간이었다.

예술은 아주 고독하고 진귀한 혼잣말로 만들어져 왔다. 특히 문학이 내게 그러했다. 이토록 근사한 혼잣말이 있었던가? 그 혼잣말이 읽는 이의 함구해 온 입술을 끝내 열게 만든다면 어떨까? 비밀이 새어나오게끔 한다면? 그런 생각은 지친 나의 멱살을 잡고 계속 쓰게 만들었다. 읽는 만큼 쓸 수 있었고, 쓰고 싶은 만큼 보고 들을 수 있었다. 그 정직함이라는 거푸집에 나의 불안한 영혼을 가두고 나의 세계를 상상했다. 시라는 세계마저도 익숙해져 간다고 느끼던 나의 교활한 생각은, 그때그때 다른 장르로 옮아갈 수도 있었다. 특히, 누군가의 작품뿐만 아니라 누군가 살아왔던 삶이 크나큰 영감으로 다가올 때가 좋았다. 의도한 적 없이 일궈온 예술가의 삶 자체가 하나뿐인 창작의 메커니즘을 담아내고 있을 땐 경이로울 수밖에 없었다. 죽은 이의 삶이 살아 있는 자의 삶을 압도하는 게 좋았다. 죽은 뒤에도 들끓는 삶으로서, 식지 않는 냄비처럼 들썩이는 그들의 뜨거웠던 발자취를 쫓는 것은 나의 악취미였다. 예술가들의 생전 일기나 편지, 수상 소감, 하다못해 묘비명까지 들춰보기도 했다.

사람들은 내게 조급해하지 말라는 조언을 자주 했다. 내가 스무 살에 등단했기 때문이었을까. 핏덩이 같은 시인의 앞날을 먼저 캄캄하게 짐작하며 군대부터 다녀오는 것이 좋겠다든지, 앞으로 시간이 많은데 무슨 걱정을 하냐느니, 성급하게 생각하지 말고 너만의 속도를 지켜라 등과 같은 조언이 그때는 잘 들리지 않았다. 나는 언제나 성급한 쪽에 서 있었는데, 속도를 멎게 하려고 할 때마다 꼭 자해하는 기분이 들었다. 그런 말들은 마치 내가 잘못된 방식으로 나를 구동하고 있다며 해코지하는 것 같았다. 이 들끓음을 잠재울 수 있는 것은, 고요하고 적막한 예술의 모퉁이를 가만히 돌아 나오는 일이 아니라 오히려 그 들끓음을 완전히 끌어안고 살았던 자들의 작품을 만나는 일로 해갈할 수 있었다. 타자의 예술이 나의 조급함을 다루는 지혜처럼 여겨지기도 했다.

가쓰시카 호쿠사이는 이십 대의 방황 속에서 우정을 짙게 나눈 작가 중 한 사람이었다. 그는 작품 활동을 하는 동안 수십 번씩이나 자신의 이름을 바꿔 활동했다. 생애 약 3만 점의 작품을 그린 다작한 작가이기도 했다. 살면서 아흔세 번의 이사를 다니기도 했는데, 그것은 자신이 머물러 있는 곳에 물들지 않아야 한다는 자기만의 예술에 대한 철학을 굳게 지킨 일이기도 했다. 호쿠사이는 마치 언젠가 소식이 끊겨 버렸지만 한 시절의 깊은 우정을 나눴던 친구처럼 내 기억 속에 남아 있다. 멈추지 않고 끊임없이, 매분 매초 바다의 정체성을 바꾸는 파도의 성량처럼 말이다.

호쿠사이의 대표작이라고 할 수 있는 〈가나가와 해변의 높은 파도 아래〉는 전 세계적으로도 이미 잘 알려져 있는 작품이다. 일본 미술에 무지해도 이 그림에 대한 낯익음은 어찌할 수 없을 정도인데, 나는 이 작품을 우연히 책에서 본 뒤로부터 귀신에 홀린 듯 여기저기서 마주할 수 있었다. 웹 배너에서, 붉은 벽돌에 붙어 있던 포스터에서, 머나먼 길

『후지산 36경富嶽三十六景』 중
〈가나가와 해변의 높은 파도 아래神奈川沖浪裏〉
c.1831, 다색 목판화, 25.7×37.9cm

을 떠날 채비하던 친구가 써준 엽서에서, 일본 여행을 마치고 돌아온 선생이 준 작은 액자 속에서 계속 만났다. 어째서? 어디서든 물들지 않으려고 애썼던 그의 예술은 제멋대로 나의 여기저기에서 마음대로 번져갔다. 그 영향력은 전 세계적으로도 익히 퍼져 있었는데 반 고흐나 드뷔시, 카미유 클로델 같은 거장들은 물론, 장르를 막론하고 이 작품에 영향을 받은 그 영감을 자신의 창작에 옮겨온 작품과 그 일화는 잘 알려져 있다. 초조함이라는 적수에 상대가 되지 않는 것처럼, 조급하고 섣부른 판단으로 위태로웠던 이십 대 어느 날, 나는 호쿠사이가 내게 보여준 가나가와 해변에 우두커니 서서 혼자 성난 파도를 보았다. 파도에 지지 않으려는 배들의 안간힘까지도. 얕잡아 봤다가도 그 들끓음이 어딘가 모르게 너무 정확하다는 인상은 내 초조함의 초점을 맞춰주었다. 흐린 눈에 안경을 씌워준 것처럼. 바다에게서 끊임없이 배울 것이 있다는 것은, 눈앞에 펼쳐진 정경과 그 속으로 과감히 뛰어들었던 그의 들끓음이 내게 들려준 혼잣말이기도 하다.

미치지 않고서야

작품 활동을 하는 동안 서른 번 넘게 자신의 이름을 바꿔 썼던 호쿠사이의 마지막 이름은 무엇이었을까. 그게 문득 궁금했었다. 묘비에 적힌 그의 마지막 이름을 해석하면 '그림에 미친 노인'이었다고 한다. 이름이 부여하는 개별성을 소거하고, 자신의 이름을 하나의 '상태'로 남겨둔 그의 용기가 광기 어린 것처럼 보이기도 한다. 미치지 않고서야 그런 이름에 도착할 수 있는가?

그런 의문으로 돌이켜 본 나의 지난날들 역시 무언가에 분명 미쳐 있었던 것이 틀림없어 보인다. 시를 쓴다고 누군가에게 말하게 되면 꼭 돌아오는 질문이 몇 가지 있었다.

하나. 돈벌이가 잘되지 않는다고 들었는데, 생계는 어
쩔 셈인지?

둘. 드라마나 영화 각본처럼 돈이 되는 것을 써보는 게
차라리 더 낫지 않겠는가?

셋. 가난한 예술가에게 미래란 어떤 것인가?

그때마다 나는 진땀을 흘리며 이 세 가지에 대해 성실히 대답하고 있었다. 실은 굉장히 무례하고도 중요한 질문이었다. 자본과 경제의 원리로 이 세계가 흐른다고 믿는 사람이 무심코 던진 질문에는 예술이 수지타산에 맞지 않는 것이었을 테니까. 내게는 언제나 할 일이 있었고, 직업으로서의 작가가 되었지만 사람들 앞에서는 어쩐지 계속 젖동냥을 다니는 신세가 된 것만 같아 비참했다. 그러나 그땐 문학에 단단히 미쳐 있었기 때문인지, 저런 질문에 반박하는 말들로부터 나를 다시 일으켜 세우곤 했다. 삶의 혜안이라는 게 있다면, 그것은 가시적으로 나타나지 않는 존재에 비롯해 있고, 그 형태를 복원하며 가닿을 수 있는 작업의 도구가 언어라고 생각한 것이니까 그것은 경제 신문에는 나오지 않는 중요한 가치라고 여겼다. 그렇게 말하면 누군가는 "이거 미친놈이네?" 하며 웃었다. 건드리면 부러질 것처럼 단단하고 뻣뻣했던 그때의 고집은 미칠 수 있었기에 뒤집어쓸 수 있는 것이기도 했다. 지금은 그 광기의 그로기 상태로 살고 있는데, 이 시기에서 또 바라봐야 할 것들이 있다고 믿고 있다.

호쿠사이 역시 그림에 단단히 미쳐 있던 사람임에 틀림

없다. 오히려 노년에 접어들면서 다작을 했다(손자의 도박 빚을 갚기 위해 노년에도 어쩔 수 없이 일을 그만두지 못했다는 일화가 있다). 어쩌면 제자들을 양성하며 그들이 물어다 주는 칭찬에 뒤덮여 자신의 문학성을 완전히 상실하는 몇몇 노년 작가와 달리 그는, 자신의 작품에 대해 언제나 아쉬운 소고를 내비쳤다. 자신의 광기가 오롯이 작품에만 관여하고 투영된다면 좋겠으나, 내가 경험해 온 바에 의하면 예술가의 광기는 개인의 윤리적인 문제에 있어 오류와 침범으로 무례함이 될 때가 더 많았다. 실제로 호쿠사이의 삶을 지켜본 것이 아니라 이루 말할 수 없겠으나 그에게도 지금의 관점에서 재평가받아야 할 부분이 있지 않을까 조심스럽게 생각한다(그가 생전에 남겼던 여러 춘화들은 그 당시 유흥적인 요소로 소비되긴 하였으나 지금의 감수성으로는 불쾌감을 주기도 한다). 불덩이처럼 뜨겁게 타오르는 한 예술가의 광기에는 반드시 그을림이 뒤따르기 마련이다. 그런 문제를 차치하고 봤을 때, 그가 자신의 예술에 있어서 개별성보다는 '그림에 미친 노인'의 상태로 이 삶의 마지막 방명록을 남겼다는 점에서 의미가 있다. 예술은 한 번쯤 미치광이가 되어본 자들의 커다란 윤곽처럼 보이기도 하니까. 생산성 없는 욕망으로 노년을 채우다가 떠나버린 사람으로 기록되는 것이 아니라, 작품이라는 현장 속에서 그 욕망을 지우지 못했다는 점에서도 너무나도 예술적인, 너무나도 광기 어렸을 그의 어떤 순수성을 가늠해 볼 수도 있다.

정확함

호쿠사이와 함께 내가 홀로 고독 속에서 우정을 나눴던 예술가는 일본 소설가 다자이 오사무였다. 그는 늘 생활고에 시달리던 가난뱅이 예술가였다. 부모가 가진 큰 기대에 부응하지 못하고 자신의 삶을 제멋대로 살아갔다. 방탕함 속에서도 문학에 대한 열의와 의지만큼은 꽉 쥐고 있었다. 그러나 자신의 작품이 세상에 외면받고 있다는 사실에 늘 흔들리며 살았다. 사후에 공개된 그의 여러 서간문을 읽었을 때, 그는 문학상에 대한 욕망을 감추지 않는 사람이었다. 자신이 후보에 올랐으나 수상하지 못했던 문학상의 심사위원에게 불만 섞인 호소로 가득한 전보를 보내기도 했다. 이 무모한 작가는 원고료를 가불받기 일쑤였지만 그 이상의 소설로 되갚아 주겠노라 늘 다짐하며 살았다. 내가 다자이 오사무에게 보았던 들끓음 가운데 가장 정확해 보였던 것은 다름 아닌 욕망이었다. 여러 편지를 통해 느낀 그의 욕망만큼은 적확하고 또 정확했으므로 그의 소설을 읽어가는 동안 빛나는 지점은 충분히 납득이 되기도 했다.

예술이라는 테두리 안에서 흐릿하게 감춰왔던 작가의 비윤리적인 행태와 무질서가 용납되던 시간도 있었다. 그 시간은 이제 끝이 났다. 흐리멍덩하고 근거 없이 추상적이기만 했던 미술에 대한 나의 고약한 감상을 엎지른 것은 호쿠사이의 여러 작품에서 만난 정확함 때문이었다. 그가 자신만의 기준을 앞세워 질서정연하게 자신의 그림을 일궈왔다는 생각이 들었다. 작품 안에 녹아 있는 그 작은 디테일들이 아가미처럼 작품에 숨통을 만들어, 그의 작품이 지금껏 생명력을 지니고 있는 것은 아닐까. 실제로 그의 여러 유명한 작품은 굉장히 만화적이면서 동시에 세밀하다. 애도시대 중기에서 후기에 유행했던 판화 '우키요에浮世絵'의 대표 주자로 손꼽히는 이유도, 선구자 역할을 하기도 했지만 무엇보다 그 구체성이 조화롭게 일구는 장엄함과 커다란 존재감 때문일 것이다. 우키요에는 일본화 전통과 서양화 기법이 적용되면서 발생한 장르이다. 우키요에라는 말을 해석해 보면 '덧없는 세상, 속세'를 뜻하는 단어가 포함되어 있다. 서민들의 수요를 충당할 수 있는 그 당시 목판화의 대량 생산은, 그림의 영향력을 끼치는 데 큰 발판이 되었다. 호쿠사이의 인상적인 색감 대비와 거침없는 표현들 또한 일본의 미적 기준을 개척하는 데 일조했을 뿐만 아니라, 그는 그림이 가지는 평면적인 구조를 선구적으로 갱신하며 자신의 상상력을 정확히 계량하고 개척해 온 작가 중 한 사람이다.

이때의 유효한 구체성은 단순히 정교하고 세밀하게 표현해 낸 방식만을 의미하는 것은 아니다. 이 글의 제목이기도 한 '순간중심'을 잘 포착해 내는 작품 안에서의 순발력을 의미한다. 〈가나가와 해변의 높은 파도 아래〉에 그려진 파도의 움직임과 포말의 생동감은 그 구체성을 뛰어넘으며 포착한 파도의 생명력이다. 순간적인 장면을 영원토록 멈춰 있게 만들 수 있었던 구심점이자 호쿠사이의 관찰력에 내재된 악력이다.

정확하게 본다는 것에는 함정이 있다. 정확히 이해하면서 생겨나는 정형이라는 틀에 갇히게 될 수도 있기 때문이다. 호쿠사이의 작품에 머무를 때마다 예술은 가장 먼저 대상에 대한 정확한 이해가 선행되어야 한다는 것을 매번 느낀다. 그 정확함으로부터 대상은 분해되거나 조립, 해체, 변신이 가능해질 수 있다는 것을 명심하게 된다. 대부분 사람들이 볼 수 있는 것은 존재의 커다란 윤곽일 뿐이며, 예술은 그 초점을 더욱 깊숙하고 내밀한 곳에 심어둔 채로 재구성되어야 한다. 이때 포착해 낸 순간중심은 우리가 평소에 볼 수 없었던 것을 마치 감춰놓았다는 듯이 불현듯 보여줄 수 있어야 한다. 나는 이것이 호쿠사이가 자신의 들끓음과 대결하는 데 필요했던 중요한 묘책이 아니었을까 하고 짐작한다.

환상

예로부터 예술에서의 환상은, 현실의 고통을 딛고 새로운 세계를 체험하게 함으로써 현재에 당도한 통증과 인간이 뒤집어쓴 숙명을 다른 관점으로 승화시키는 역할을 해왔다. 환상성이 부여된 작품 속 세계를 경유하고 감상하는 동안 인간은 망상에 그치는 것이 아니라, 현실을 바라보는 사유를 확장하고 환기할 수 있었다. 환상이 미래를 예측하는 도구로만 활용되는 것보다 현재를 암막에 가려진 과거 혹은 도래하지 않은 미래라는 시간으로 입체감 있게 빚어낸다는 점에서 예술로서 발전해 온 것이다.

그러니까 문학은 일종의 환상 그 자체였다. 현실감 없는 문학이라는 실체를 언어로 비집고 태어나게 한다는 것, 문학이 인간의 삶 그 어디쯤 깊숙이 잠식하여 생각과 질문으로 끊임없이 기생하게 한다는 것을 나는 종종 환상이라고 느끼고 있었다. 대단한 일을 하는 것도 아닐뿐더러, 타인에게 무엇을 한다고 말할 때마다 곤란함을 겪었다. 그렇지만 이 환상에 빠져서는 일상의 스위치를 끄고 켤 수 있으며 내가 읽은 것들과 내가 쓴 것들이 보여주는 미지의 세계에 잠식할 수 있는 것이 좋았다. 거기에서 오는 일종의 탈피된 기분으로 세계와 어떻게 불화할 수 있을지, 또 어떻게 화해할 수 있을지 생경하게 헤아릴 수 있었다.

문예지에서 시 청탁이 오게 되면 계절마다 몇 편씩 발표하곤 한다. 여름 호에 보낼 작품은 늦겨울이나 초봄에 쓰게 되고, 겨울 호에 실릴 작품을 한여름에 쓰기도 하면서 계절

감 없이 시간을 내다보아야 할 때도 있었다. 잊어버릴 때쯤 집에는 발표한 작품이 실린 문예지가 도착해 있었는데, 책에 실린 시를 읽어볼 때야 비로소 실감하곤 했다. 나의 환상이 흰 종이에 반듯하게 적혀 있는 인상을. 정직한 얼굴로 고작 몇 장 되지 않아 금세 넘어가는 얇디얇은 갈피 속에서 나는 무엇을 기다리고 있었던 거지? 환상을 갈망하는 삶을 살아가고 있던 것은 아닐까? 문학이 내게 끊임없이 유효한 이유는, 계속해서 질문으로 돌아온다는 것이었다. 이 질문의 부메랑을 온몸으로 맞으면서도 버틸 수 있었던 것은 내게 예술은 생각을 질문으로 환원하고 교환해 준다는 어떤 환상 속에 머물러 있는 수수께끼 같은 것이었기 때문이다.

어느 날 한 낭독회에서 독자의 질문을 받은 적 있었다. 어떤 시인이 고향 시골에 내려가 자신이 태어난 출생지를 돌아보며 회고하는 내용을 시로 썼는데, 실제로 시인의 약력이나 정보를 살펴보니 고향은 서울인 데다가 실제로 시에 등장하는 곳에 가서 살았던 적이 없더라고. 그 시에 몰입해 잠깐 시인이 되어본 독자는 사실과 다른 내용에 배신감이 들었는지 내게 따지듯 묻고 있었다. 그 질문의 말미는 "그래서 문학을 어디까지 믿어야 하는지 모르겠어요"와 같은 원망 섞인 말이었다. 그의 난처함이 느껴지기도 했지만 마치 나는 사기꾼이 된 것만 같았다. 내가 쓴 시도 아닌 이야기를 내게 물었던 것은 내가 자신의 난처함에 지혜가 될 만한 대답을 해줄 수 있는 사람이라고 여겼기 때문일까? 문학이 사실적으로 삶의 형태를 묘사하며 가동된다는 점에서 작품을 곧이곧대로 믿는 경우가 많다. 서사가 만드는 환상이다. 독자는 물론 작가 역시 자신의 삶을 기반으로 창작하는 것은 어쩔 수 없는 숙명이지만, 문학의 기초적인 문법은 허구와 환상에 있다. 그로 인해 환상이 허락되고 창작 세계가 자유로워질 수밖에 없음을 잊어서는 안 된다고 대답했지만, 그도 나도 어리둥절한 얼굴을 숨길 수 없었다.

호쿠사이는 작품 활동 중 삼라만상을 그리고 싶어 했던 것으로 알려져 있다. 예로부터 일본에서 믿어온 팔백여 신의 얼굴을 그리고 싶어 했던 것이다. 일본과 요괴는 다양한 면에서 뗄 수 없는 접점에 놓여 있다. 그로 인해 생긴 다양한 문화가 실재할뿐더러, 생활 속에서 풍습이나 질서로 자리매김하고 있다. 내가 한때 천착해 있었던 일본의 요괴 이야기 '갓파河童'가 있다. 물속에 산다는 일본의 요괴. 대머리 가운데 파인 깊은 홈에 물이 차 있다. 그 물이 쏟아지면 힘을 잃거나 죽는다고 한다. 그 이야기에서 영감을 얻어 짤막하게 창작 메모*를 해둔 것도 있었다. 갓파라는 환상을 통해 나는 내가 겪어내고 있는 현실을 통과하고, 더 초연하게 뒤돌아볼 수 있었다. 환상이 그저 인간을 애먼 곳으로 데려가는 속임수가 아니라, 무한한 시간과 대항하며 겪게 되는 현실을 더 사실적으로 깨닫게 만든다는 점에서 매력적일

* "할아버지는 아주 어릴 때의 이야기를 해주곤 했다. 갓파에 대한 이야기였다. 나는 갓파를 영화나 만화에서 본 적 있는 요괴라고 생각했지만, 할아버지는 그게 정말 있었다고 고백했다. 어릴 적 사냥을 좋아하던 증조할아버지는 미우리산에서 대머리인 원숭이를 보고는 돌팔매질을 했다고 한다. 그런데 자세히 보니 갓파여서 망태기에 갓파를 품고 부리나케 집에 왔다고 한다. 증조할머니는 요괴가 집에 들어오면 안 좋다고 하여 몽둥이로 갓파를 때려죽이려고 했지만 할아버지는 극구 말렸다. 맑은 물 한 그릇을 떠다가 머리에 물을 부어주니 갓파가 이상한 소리를 내며 깨어났다고 한다. 그 후 갓파는 증조할아버지도, 할아버지도 아닌 증조할머니를 잘 따랐다고 한다. 미신에 민감했던 그녀는 갓파를 늘 내켜하지 않았고, 하루는 마을에 크게 난 하수도에 갓파를 버렸다가 우체국에서 퇴근하던 증조할아버지에 들켜 혼이 난 적도 있었다. 증조할머니는 갓파가 집에 들어선 뒤로 되는 일이 없다고 믿었다. 그러나 갓파는 늘 그녀의 치마폭에 숨어 있거나 잠들기 전 증조할머니의 베개맡에 머리를 누이고는 했다. 자신과 놀아주지 않아 서운했던 할아버지는 어느 날, 홀연히 사라져버린 갓파를 추억하면서도, 증조할머니를 유독 따랐던 이유를 알 것 같다고 했다. 본래 갓파는 물이 없이는 살 수 없는 요괴인데, 사람에게서 물의 부피를 느끼는 감각이 있다고 했다. 갓파는 본능적으로 눈물이 많은 사람을 따르다가 그 눈물에게서 슬픔을 느끼면 흔적도 없이 사라진다는 이야기였다."

수밖에 없었다.

　호쿠사이도 그런 매력에 빠졌었는지 생전에 환상적인 그림을 많이 남기기도 했다. 일본에서는 문학을 놓고 이야기할 때 빼놓을 수 없는 절대적인 것이 하나 있다. 그것은 '모노가타리物語'다. 역사적인 사건에 대한 기록이나 내용, 줄거리 구조의 이야기를 널리 아우르는 말이기도 하다. 그래서 일본에서는 모노가타리가 모래알만큼이나 존재한다는 이야기도 전해질 정도로 파다하다. 호쿠사이는 모노가타리 가운데, 100가지 기묘한 이야기를 다루고 있는 '하쿠모노가타리'를 작품으로 옮기는 작업을 했다. 하쿠모노가타리는 무서운 이야기를 한 가지씩 돌아가며 말하고 촛불을 끄는 놀이에서 비롯되었는데, 100번째 촛불이 꺼지게 되면 괴이한 일이 생겨난다는 풍습에서 비롯된 이야기를 모은 것이기도 하다. 여기에서 등장하는 여러 요괴의 형태들을 사실적으로 그려낸 호쿠사이의 작품은, 일본의 환상문학에 밑바탕처럼 보일 만큼 지대한 영향력을 끼쳤다.

　내가 매료되었던 그림 중 하나는 '오키쿠お菊'라는 귀신이 등장하는 작품이다. 부잣집 하녀로 살던 오키쿠가 가보로 전해져 내려오던 귀한 접시를 깼다는 모함을 받게 된다.

『하쿠모노가타리百物語』 중
「반초 접시저택番町皿屋敷」 삽화
c.1831, 다색 목판화, 23.7×17.6cm

이에 비관한 오키쿠가 스스로 우물에 몸을 던져 죽게 되었다는 비극적인 이야기인데, 그 후 접시를 하나씩 세는 목소리와 형상으로 등장하여 사람들을 괴롭혔다고 전해진다. 접시를 한 장, 두 장 세어보다가 자신이 깬 접시를 뜻하는 듯이 접시 한 장이 모자란다면서 흐느끼는 모습으로 사람들을 공포에 몰아넣었다는 이야기. 호쿠사이는 이 이야기에서 오키쿠 귀신을 접시로 연결된 몸통을 한 뱀으로 묘사했다. 길고 처연한 머리칼로 이어져 있는 몸과 깨지기 쉬운 접시를 덧대어 표현한 몸통은 그의 비극적인 운명을 보여주는 강렬하고 기괴한 장치로 보인다.

호쿠사이의 환상성 짙은 작품을 보다 보면 서늘한 색채를 기초로 그려진 것이 제법 많다. 아내와 친구에게 독살당한 배우 '고헤이지'를 귀신으로 형상화한 하쿠모노가타리의 한 작품에서는, 머리카락 몇 올 남아 있지 않은 기괴한 해골의 형태를 지닌 고헤이지가 모기장 사이로 잠든 누군가를 바라보듯 슬쩍 얼굴을 내비치는 장면이 묘사되어 있다. 이때 그림의 절반 이상을 차지하는 모기장은, 서늘한 색감과 모기장의 까슬한 질감을 더해 그려지며 여름밤의 공포를 극대화한다. 이와 마찬가지로 여러 작품을 통해 어둑

한 밤의 물기를 먹은 느낌이나 서늘한 어둠을 표현하는 데 있어 그는 과감하고 거침없으면서도 섬세하다. 단지 기괴하게 표현해서 만들어낸 공포가 아니라 그것을 감싸고 도는 분위기까지 장악하며 환상이 건네는 공포를 극대화한다. 실제로 그의 대표작 『후지산 36경』에서 묘사되는 여러 파란색의 이미지는 주목해 볼 만한 지점이기도 하다. 파랑은 호쿠사이가 우키요에 작업에서 적극적으로 사용한 색깔 '프러시안 블루'이기도 하다. 일본이 처음으로 도입해 사용한 서양 청색 안료 '프러시안 블루'는 그 당시 일본 내에서 큰 반향을 일으켰다. 호쿠사이가 표현하는 파랑에 깃든 환상성은, 눈앞에 펼쳐진 절경을 달리 보이게 만드는 효과를 지닌다.

노년

말년의 예술 양식에 있어 떳떳하고 호젓한 마음일 수 있는 작가는 몇이나 될까. 대부분 생기로 가득했던 젊은 시절에 자신의 예술성을 다양하게 분출하고 정점을 찍은 뒤, 쌓여

『후지산 36경』 중 〈붉은 후지산赤富士〉
c.1830, 다색 목판화, 25.7×38cm

가는 경력에 연명하며 내리막을 걷는 예술의 성장담을 우리는 경험한 적 없이 경험했을 것이다. 근래에는 '리즈 시절'이라는 말이 다양한 대중문화 매체를 통해 전염병처럼 떠돌고 있다. 노년에 자신의 창작을 움틔우고 결정적인 결실을 맺는 작가들은 뒤늦게라도 '리즈 시절'을 만나기도 한다. 감각을 실종하는 방식의 나이 드는 일이 아니라, 살아온 시간이 데려다 놓은 첨예함으로 농익은 작품을 만날 때면 젊은 작가가 지닌 패기를 만날 때의 전율보다 더 크게 와닿곤 했다. 내가 폴란드 시인 비스와바 심보르스카의 노년기 시*를 읽을 때의 기분처럼, 호쿠사이의 그림을 볼 때에도 언제나 작은 충격이 동반되고는 했다.

호쿠사이의 대표작이기도 한 『후지산 36경』은 후지산의 여러 모습이 담긴 연작이라고 할 수 있다. 제목과 달리 실제로는 총 46점의 그림이 제작되기도 했는데, 일본인들

---

* 그의 《두 번은 없다Nic dwa razy》는 노년기에 집필한 작품임에도 대표작으로 손꼽힌다. 가령 아래 구절은 전 세계적으로도 잘 알려져 있다.

> 두 번은 없다. 지금도 그렇고
> 앞으로도 그럴 것이다. 그러므로 우리는
> 아무런 연습 없이 태어나서
> 아무런 훈련 없이 죽는다.

에게 후지산이란 예로부터 영적인 곳으로 여겨져 왔기 때문에 다양한 각도로 후지산이 등장하는 이 시리즈를 열렬히 좋아했다고 한다. 이 작품은 단순히 후지산의 풍경을 담아내는 것에 그치지 않고 우리가 어떤 시간 속에 머물러 있는지를 돌이키게 만든다. 그것이 곧 인생이라는 시간의 거대한 윤곽을 돌아보는 연속성으로 등장한다. 〈가나가와 해변의 높은 파도 아래〉 역시도 이 중 하나인데, 이 작품이 일흔 살 이후에 그려진 작품이라는 점에서, 그가 노년까지 쥐고 있던 그림에 대한 애착을 잘 느낄 수 있다. 예술에서 나이는 정말 아무것도 아닌, 인간 중심의 단순한 기준에 불과하다는 것을 좋은 작품은 언제나 말하고 있다.

호쿠사이가 생을 마감하던 아흔 살 때도, 자신에게 5년 아니면 10년만 더 있었더라면 진정한 화가가 되었을 것이라고 탄식했다는 일화 역시 유명하다. 그는 삶을 서둘러 끝내고 싶어 했던, 요절하지 못해 안달이 나 있던 내가 아는 예술가들의 모습과는 아주 다르게 자신에게 주어진 시간을 기꺼이 감당하고, 끊임없이 저항했다. 그가 자신의 노년에 겪었던 아쉬움 자체가 마지막 유작처럼 느껴지기도 한다.

순간중심

예술 작품으로부터 어떤 해석을 기대하게 될 때, 우리는 의미와 상징이 쌓아올린 것을 맞추는 일이 아니라 그 작품이 삶의 어떤 순간중심을 담아내고 있느냐를 들여다보는 편이 더 낫다. 거기엔 작가의 의도는 물론이고 그 작품의 생생한 생명력이 가장 가까이 닿아 있기 때문이다. 그런 의미에서 가쓰시카 호쿠사이는 순간중심을 표현하는 데 있어 탁월한 작가였다. 대상에 대한 집요한 통찰력도, 그것을 섬세하게 다뤄 그려낸 것도 결국엔 그가 자신의 들끓음 속에서 중심 잡기에 성공했다는 뜻이 아닐까. 그의 삶과 작품을 추적했던 나의 이십 대를 힌트 삼아 어둡게 우거지는 예술에 대한 막연함, 창작에 대한 두려움 따위를 조금씩 걷어내어 본다. 흔들림 자체를 부정하는 게 아니라, 그 흔들림까지 기꺼이 끌어안을 수 있는 한 순간의 불꽃이 되는 일을 호쿠사이는 이름을 바꾸며, 기껏 정착했던 곳을 떠나며 했을 것이다. 그의 여러 작품을 통과하는 동안 조금 더 선연하게 나 자신의 들끓음을 돌볼 수 있게 된 것을 부정할 수 없다. 나는 나의 예술로 언젠가 삶에 쇄도하는 여러 질문들로 하여금 명중

하는 대답이 되고 싶었지만 지금은 조금 달라진 듯하다. 심연으로부터 함께 호흡하며 오랜 시간 살아가고 있는 그의 작품처럼 대답하고 싶다. 삶에 숱한 진동 속에서도 순간중심을 꺼내오는 그 진밀한 파장처럼.

오은 × 앙리 마티스

그 누구도
소외되지 않는 춤

오은

1982년 정읍에서 태어났다. 시집 『호텔 타셀의 돼지들』, 『우리는 분위기를 사랑해』, 『유에서 유』, 『왼손은 마음이 아파』, 『나는 이름이 있었다』, 청소년 시집 『마음의 일』, 산문집 『너랑 나랑 노랑』, 『다독임』 등을 냈다. 박인환문학상, 구상시문학상, 현대시작품상, 대산문학상을 수상했다.

"그림을 그린다"라는 말을 좋아한다. 그것이 마치 "그리움을 그리워한다"라는 말처럼 들린다. 그림을 그리워하는 사람으로 남겠다고 오늘도 다짐한다.

앙리 마티스 (Henri Matisse, 1869~1954)

야수주의의 창시자로 추앙받는 프랑스의 화가. 마티스는 평생 야수주의의 특징을 고수했으며, 점점 더 강렬하고 분명한 색채를 발전시켰다. 또한 있는 그대로의 자연을 재현하는 것이 아닌 자신이 본 풍경을 그려냈다. 말년에 거동이 불편해져 침대에서 크레용을 긴 장대 끝에 매달아 그림을 그리게 된 순간에도 그의 색채는 여전히 밝고 명랑했다.

2022년, 춤에 대해서라면

춤추는 이들을 좋아한다. 몸으로 말하는 이들을 바라볼 때면 무턱대고 경이로워진다. 전문 무용수들의 움직임에서부터 흥에 겨워 막춤을 추는 이들의 동작까지 모두 다 좋다. 무엇이 그들을 움직이게 만들었을까, 그것은 언제부터 '춤'이라는 말로 불리기 시작했을까. 춤추는 이들의 얼굴을 유심히 들여다본다. 얼굴 안에 표정이 그득하다. 웃고 있든, 울고 있든, 찡그리고 있든, 그들은 지금 집중하고 있다. 이 순간과 가까워지겠다는 표정이다. 이 현장에 능동적으로 속하겠다는 표정이다. 제각각의 집념이 얼굴을 장악하고 있다.

춤의 사전적 정의는 다음과 같다. "장단에 맞추거나 흥에 겨워 팔다리와 몸을 율동적으로 움직여 뛰노는 동작." 그러나 꼭 장단에 맞추어야 할까, 늘 흥에 겨워야 할까, 팔다리와 몸을 율동적으로 움직이지 않으면 춤이 아닌 걸까, 무엇보다 뛰놀지 않고 차분한 춤도 있지 않을까…… 춤에 반反하는, 동시에 춤에 반하는 생각이 길어진다. 춤에 반反하고자 할수록 춤에 더 홀딱 반하게 된다. 거스름과 홀림이 동시에 이루어진다.

모르긴 몰라도 사전에 들어 있지 않은 춤의 속성도 있을 것이다. 그것이 특정 몸동작을 춤으로 만들어주었을 것이다. 누군가에게는 그저 기괴한 동작이 또 다른 누군가에게는 아름답게 비칠 수도 있을 것이다. 춤추려고 한 것은 아니었는데, 보는 이에게 율동으로 다가가는 경우도 있을 수 있다. 때로는 눈썹의 찡그림도, 어깨의 으쓱임도, 무릎끼리의 부딪힘도 춤이 될 수 있다. 춤은 그 자리에 동작으로 가담하는 것이기 때문이다. 추는 사람도, 그것을 보는 사람도 마음 동작의 부추김을 당했을 것이다. 춤의 힘, 춤이 만들어낸 반작용이다.

A가 "춤 잘 춰요?"라고 물었던 순간, 나는 얼어붙고 말

앉다. "춤이라고요?"라고 반문하거나 "저는 정적인 사람이라서요"라고 말하며 한발 물러서지도 못했다.

"춤추는 걸 보는 걸 좋아해요."

의존명사 '것'을 두 번 사용함으로써 속내를 겨우 드러냈을 뿐이다. 그러니까 춤에 대해서라면, 나는 할 말이 없는 사람이다. 그것이 추는 것에 국한된 것이라면.

"춤은 늘 현재 같아요. 공연을 볼 때도, 영화 속에서도, 춤추는 사진이나 그림 속에서도 춤은 계속되고 있는 것처럼 보여요. 다음 동작을 자꾸 머릿속으로 그려보게 만들죠. 한 장면일 뿐이지만 이야기처럼 전후前後가 있는 듯도 해요. 그게 제게 춤이에요."

호흡을 가다듬고 다음 말을 이었다.

"그래서 춤 앞에서는 저도 따라 움직이게 돼요."

2016년, 혼자 추는 춤

"다시 춤출 수 있을까?" 창밖의 비 내리는 풍경을 바라보며 A가 말했을 때 나는 당황했다. '다시'라는 부사가 그렇게 위태롭게 들렸던 적이 없었다. A에게 춤은 인생의 전부까지는 아닐지 몰라도 A를 지탱해 주는 거의 유일한 명사였으니까. 붙잡을 수 있는 끈이었으며 때때로 외부의 공격을 막아주는 벽이나 위급한 상황에서 붙들 수 있는 기둥이 되어주기도 했었으니까. 그가 가족, 공부, 진로, 대인관계 등을 이야기할 때 한 번도 희망차 보인 적이 없었다는 걸 감안했을 때, '다시'가 품고 있는 무게는 결코 가볍지 않았다.

그때의 '다시'는 "다음에 또"라는 의미였다가 "하던 것을 되풀이해서"의 의미가 되었다. 하던 일을 지속하겠다는 다짐이 담긴 '다시'였던 셈이다. 그러나 A가 "다시 춤출 수 있을까?"라고 재차 물어왔을 때 나는 입을 꾹 다물 수밖에 없었다. 그것은 "이전 상태로 또"라는 의미를 담고 있었기 때문이다. A는 발목 인대가 끊어지는 사고를 당한 참이었다. 재건하는 수술 이후에 지속적인 재활 운동이 필요하다고 했다. 그 시간이 얼마나 걸릴지 의사도 장담하지 못했다는 이야기도 덧붙였다.

"인대를 질긴띠라고도 한다는데, 그 질긴 것이 어쩌다 끊어졌을까."

A가 힘없이 웃었다. 비가 세차게 쏟아지고 있었다.

무안해진 손이 창문을 두드리고 있었다.

"다시 출 수 있지. 그렇고말고."

나는 창문을 두드렸던 손으로 A의 손을 황급히 잡았다. 붙들듯, 움켜쥐듯, 절대 놓으면 안 된다는 듯. 서늘한 기운 때문에 A가 움찔하는 게 느껴졌다. 내가 말한 '다시'는 "방법이나 방향을 고쳐서 새로이"라는 의미에 가까웠다. 그의 말마따나 A는 예전처럼 큰 동작으로, 도전적인 마음가짐으로 춤에 임할 수 없을지도 모른다. 회복한다고 하더라도 인대가 한 차례 끊어졌다는 사실이 느닷없이 떠오를지도 모른다. 그게 다음 동작을 시작하는 데 어떤 식으로든 영향을 미칠 것이다. 그러나 그것 때문에, 그로 인해서, 그 덕분에 새로운 게 시작될 수 있으리라 믿었다. A는 분명 새로운 춤을 출 것이다.

그날 나는 A와 병실에서 앙리 마티스의 화집을 보았다. A가 가장 마음에 들어 했던 작품은 역시나 〈춤〉이었다. 똑같은 듯 전혀 다른 〈춤 1〉과 〈춤 2〉를 오래 응시하다 A가 입을 열었다.

"같은 춤을 추더라도 매번 다를 수밖에 없어. 무수히 연습해도 이전과 100퍼센트 똑같이 추는 것은 불가능할 거

그 누구도 소외되지 않는 춤 · 오은 × 앙리 마티스　　　71

야."

나는 A를 물끄러미 바라보았다. A는 침대에 누운 채 표정으로 춤추고 있었다. 혼자 추는 춤이었다.

"사람은 계속 변하니까."

A의 말을 듣고 나는 불현듯 안은미가 떠올랐다. 때마침 그날은 우리가 안은미의 공연을 본 지 꼭 1년째 되는 날이기도 했다. 몸은 삶을 반영하는 것이다. 움직임 또한 그 사람을 매시 매분 매초 증명하는 것이다. 그래서 사람은 늘 삶과 함께 온다.

할머니들 춤을 막춤이라 부르지 않나. 쉬운 춤이라 생각했는데 카메라를 통해 들여다본 몸에 놀라운 힘이 있더라. 살아오면서 축적된 정서, 배경, 성격 등이 함축된 몸을 흔드는 거다.

— 안은미 인터뷰 「실천하는 춤」, 『동방유행』 2016년 7월 호에서

2006년과 2021년, 스스로 그러한 사람들

A는 온갖 종류의 춤에 능했다. 그것은 차라리 모든 춤 같았다. 춤이라고 부를 수 있는 것들을 망라하는 춤. 오직 A라는 사람만이 구현할 수 있는 춤. 춤을 추는 것이 아니라 춤이 먹고 자고 숨 쉬고 공부하고 뛰어놀고 달음박질하다 마침내 심호흡하는 것 같았다. 목적어가 되는 것이 아니라 주어가 되는 춤. 실제로 A는 평상시에 걸을 때도 춤추는 것처럼 보였다. 마이클 잭슨의 문 워크처럼 유연했고 탭댄스처럼 시종 경쾌했다.

"앞으로 가는 것처럼 보이지만 사실은 뒤로 가고 있는 거네?"

내가 말했더니 A가 답했다.

"나는 요즘이 바로 그런 시기 같아. 남들처럼 노력하지만 결과를 보면 뒷걸음질하고 있거든. 충분히 노력하지 않은 것일지도 모르겠지만."

A는 '충분히'라는 말에 힘을 주었다. 그것은 '최선'과 더불어 보통의 어른들이 즐겨 쓰던 단어였다. 둘 다 욕망과 맞닿아 있는 단어였다. 달성되었을 때조차 다음번을 기약

하게 만드는 말, 아직은 부족하다고 톡 쏘듯 짚어주는 말, 넘쳐흐를 때까지 혹은 흘러넘치고 난 뒤에도 결코 채워지지 않을 말.

한참 만에 겨우 입을 뗐다.

"네 발은 꼭 붓 같아. 모든 걸음이 획처럼 느껴져."

신발 밑창에 물감이라도 바르고 다녀야겠다고 너는 너스레를 떨었다. 그렇다면 사라지지 않을 텐데, 어떻게든 흔적이 남을 텐데, 네가 남긴 자국을 여기저기서 발견할 수 있을 텐데. 나는 뒷말은 하지 않았다. 네가 사라질 것을 어렴풋하게나마 예감했던 것일까. 돌이켜보면 저 순간에 너를 더 지지해 주었으면 좋았겠다고 후회가 든다. 물감이 떨어져 궁색해진 붓처럼, 나는 안절부절못하고 자리를 떴다. 나의 뒷모습은 푸석푸석했을 것이다.

A의 춤을 보고 있노라면, 자연스럽게 '자연'이 떠올랐다. 自然, "사람의 힘이 더해지지 아니하고 세상에 스스로 존재하거나 우주에 저절로 이루어지는 모든 존재나 상태" 말이다. 사람으로 살면서 사람의 힘을 더하지 않을 수 있을까, 몸짓이 저절로 생겨나는 게 가능할까 같은 당연한 질문마저 A 앞에서는 부질없었다. 마티스의 〈춤〉 연작에 등장하

는 사람들처럼, 그는 마치 춤추기 위해서 태어난 사람 같았다. 2006년의 A는 호흡했고 움직였으며 이내 멈추었다. 그모든 동작이 과연 춤이었다. 춤이라는 말 아니고서는 그 일련의 행동을 설명할 수 없었다.

2021년에 가수 sunwashere의 〈춤〉 뮤직비디오를 처음 보았을 때, 불현듯 A가 떠올랐다. 언제 어디서나 춤출 준비가되어 있던 A, 아니 언제 어디서나 춤을 추고 있던 A, 교복이든 운동복이든 무엇을 입고서도 춤추는 데 아무 문제가 없었던 A, 아침에는 아침을 배경으로 밤에는 밤을 배경으로손을 뻗고 다리를 찢었던 A, 점심시간에는 날개를 단 듯 교실과 운동장, 수돗가 구석구석을 유유히 누비던 A, 야간 자율 학습을 마치고 집에 갈 때에는 수그렸던 어깨를 활짝 펴고 미끄러지듯 길을 걸었던 A, 기지개를 켤 때조차 그것 또한 춤의 일부가 아닐까 유심히 바라보게 만들었던 A…….

춤을 출 때 A의 눈빛은 폭포처럼 쏟아졌고 몸짓은 분수처럼 솟구쳤다. 그는 온몸으로 위아래를 파고들고 양옆을가로질렀다. 돌차간에 사방이 보이지 않는 물보라에 휩싸인 것 같았다. A 앞에서는 어떤 세계도 무장 해제가 될 수밖에 없었을 것이다. 〈춤〉의 뮤직비디오 속 춤추는 남자아이는 그때 A가 뿜어내던 자유로움을 고스란히 상기시켰다. 바닥이 있는 공간을, 정확히는 발을 디딜 수 있는 모든 공간을 무대로 탈바꿈시켰다. 그건 지금을 향한 집중력이었고 동시에 미래를 위한 몸부림이기도 했다.

과거의 A와 뮤직비디오 속 남자아이가 춤을 마쳤을 때, 그 춤을 바라보던 나는 침을 꼴깍 삼켰다. 춤 동작은 하나도 기억나지 않았다. 그저 그들이 몸으로 표현하려고 했던 감정이 여운으로 길게 남았다. 입으로 말할 수 없어서 몸 전체가 말하게 만드는 감정. 슬프다, 기쁘다, 아프다, 그립다, 벅차오르다 등 특정 단어로 감정을 표출할 수 없을 때 우리가 발산하는 속수무책의 눈빛. 자연을 곧이곧대로 해석하면 "스스로 그러하다"이다. 춤을 출 때 그들은 그야말로 자연이었다. 춤추는 동안, 매 순간 스스로 그러했다.

2017년, 춤추는 모든 이들은 균형을 잡고 있다

앙리 마티스의 그림을 마주할 때마다 춤추는 기분이 든다. 정확히 말하자면 춤추자고 적극적으로 손 내미는 사람을 마주한 기분이 든다. 몸을 움직이는 데 젬병인 나조차 신체 곳곳에 분포한 신경이 반응한다. 발을 살짝 떼도 괜찮지 않을까, 손을 슬쩍 머리 위로 올려도 어색하지 않을까 하는 생각이 드는 것이다. 마티스의 회화에서 내가 가장 주목하는 부분도 바로 이 느낌이다. 직전이 가져다주는 설렘과 아슬아슬함을, 한창때에 번져 나오는 흥분과 희열을 나는 도무지 외면할 수 없다. 그러나 마티스의 회화는 결코 넘치는 법이 없다. 신체는 캔버스에 스며든 듯 안정적이고 신체가 표현하는 동작은 날렵하다는 말이 부족할 정도로 자연스럽다.

내가 꿈꾸는 것은 바로 균형의 예술이다.

마티스의 이 말은 그가 캔버스에서 구현하고자 하는 바를 잘 드러내준다. 균형이란 무엇일까. 예술에서 어느 한쪽으로 기울거나 치우치지 않는 일이 가능할까. 두 가지 색을 정확히 절반씩 쓴다고 해도 명도 차이로 인해 하나의 색깔이 부각될 수밖에 없다. 언어 작업도 마찬가지다. 뜨거운 단어와 차가운 단어를 공평하게 쓴다고 해도 그 글은 절대 미지근해질 수 없다. 언어에는 밀도가 있기 때문이다. 따라서

〈춤 1*La danse I*〉
1909, 캔버스에 유채, 259.7×390.1cm, 뉴욕 현대 미술관

마티스의 저 말은 불가능을 향한 말이다. 동시에 회화 작업이 도달할 수 있는 절대적 가치를 추구하겠다는 당찬 언술이기도 하다. 달성되지 않는다고 지레 포기하지 않았기에, 화폭 앞에서는 어떻게든 꿈꾸었기에 역설적으로 그의 작품은 완성될 수 있었다.

그가 그린 〈춤〉은 두 가지 버전이 있다. 1909년 러시아 사업가이자 남작 세르게이 슈킨이 의뢰해서 그려진 〈춤 1〉은 네 가지 색으로 구성되어 있다. 파랑과 초록이 배경을 이루고 그 위에 나체로 선 사람들이 강강술래를 하듯 춤추고 있다. 머리색과 피부색은 배경 앞에서 어쩔 수 없다는 듯 도드라진다. 그렇다. 어쩔 수 없다는 듯, 우리는 나체로 춤추는 사람이라는 듯, 움직임으로 이 공간을 완벽하게 장악하겠다는 듯. 신체는 마티스 특유의 활달하고 거침없는 선으로 표현되어 있다. 그림의 크기는 세로가 약 2.6미터고 가로는 4미터에 달한다.

2017년 겨울, 뉴욕 현대 미술관에 있는 〈춤 1〉 앞에서 오랫동안 머문 적이 있다. 단순히 그림의 스케일에 압도되어서만은 아니다. 이 그림에는 다섯 명의 사람이 등장하는데, 이들을 하나하나 바라봤을 때는 불안하기 이를 데 없다. 흥겨움이 극에 달했을 때, 사람들의 몸짓은 커지고 몸동작은 빨라진다. 스스로 춤을 추는 건지 단체로 추는 춤에 자신이 속해 있는 건지 헷갈린다. 몸은 계속해서 한 방향으로 돌아가고 관성은 당분간 제 할 일에 집중할 것처럼 보인다. 잡은 손을 일제히 놔버리는 순간, 이 위태위태한 구도는 깨질 수밖에 없다. 오직 흥분의 힘으로 선선히 휩쓸리는 것이다.

열심히 춤을 추던 도중, 누군가 손을 놓치고 말았다. 손을 자발적으로 놓은 것인지, 속도에 못 이겨 놓치고 만 것인지는 알지 못한다. 넘어질 듯 기운 몸은 아직까지 춤에 속해 있다. 춤이 만들어낸 리듬의 자장 안에 있다. 격렬한 운동성이 몸을 공중에 붙들어 놓고 있는 것이다. 일촉즉발의 상황에서도 누군가는 유연하고 노련하게 자리를 잡고 있고, 손을 놓쳐 쓰러질 듯 아슬아슬한 인물조차 춤의 일부를 견고하게 구성한다. 그것은 마치 넘어질지언정 이 리듬을, 이 리듬이 가져다주는 감각을 포기하지 않겠다는 안간힘처럼 보인다. 춤은 끝나지 않는다. 춤이 끝나지 않는 한, 균형은 유지된다. 춤추는 모든 이들은 균형을 잡고 있는 셈이다.

꽃을 보고자 하는 이들 앞에는 늘 꽃이 있다.

마티스의 말을 이렇게 바꾸어 쓸 수 있을 것이다.

춤을 추고자 하는 이들 안에는 늘 리듬이 있다.

2002년, 춤추는 글에는 리듬이 필요했다

지면地面과 지면紙面은 닮았다. 거죽이되 받침이고 언제든 손발을 딛게 해준다. 걸어갈 수 있게 해주되 여차하면 우리를 넘어뜨리기도 한다. 돌부리가 없어도 우리는 걸려 넘어진다. 지면의 리듬과 우리의 리듬이 어긋날 때, 그 어긋난 리듬을 춤이나 글로 바꾸어내지 못할 때, 몸이 넘어지고 뒤이어 마음이 넘어진다. 넘어짐이 무너짐이 되기 전에 얼른 일어나 다시 지면 위를 움직여야 한다. 춤추는 글을 써야 한다. 글을 춤추게 해야 한다.

글을 쓸 때마다 리듬을 중시한다. 리듬은 일종의 규칙인데, 이 규칙이 깨지지 않도록 의도적으로 애를 쓴다. 리듬을 중시한다는 것은 반복이 주는 힘을 믿는다는 얘기이기도 하다. 그러나 지나친 반복은 때때로 리듬을 위한 리듬이 되기도 한다. 원래의 리듬을 유지하면서 틈틈이 변화를 모색해야 한다. 찔러도 피 한 방울 나오지 않을 것 같은 사람보다 강직한 줄로만 알았는데 부드러운 면을 보여주는 '의외'의 사람이 매력적인 법이다. 일정한 패턴을 안정감 있게 유지하면서, 그 안에서 끊임없이 균열을 내야 한다.

2002년은 시인이 되었던 해다. '되다'의 느낌보다는 '호명되다'의 느낌이 강했다. 이제 춤을 춰도 된다고 허락을 받은 것 같았다. 무대 위에서가 아니라 지하 연습실에서. 나는 연습하는 마음으로 시를 썼다. 스트레칭을 하고 허공을 향해 손을 뻗어보았다. 소심하게나마 점프를 했고 제자리에서 한두 바퀴를 빙그르르 돌았다. 무엇을 완성해야 하는지는 모른 채 연습에 돌입한 셈이다. 그저 나의 리듬을 찾고 싶었다. 춤추는 글에는 리듬이 필요했다. 글을 춤추게 하기 위해서는 무엇보다도 먼저 내 리듬을 발견해야 했다.

언어도 마찬가지였다. 사용되기 전, 언제나 스트레칭이 필요했다.

춤을 추고자 하는 이들 안에는 늘 리듬이 있다.

이 말을 이렇게 또 바꾸어 쓸 수 있을 것이다.

글을 쓰고자 하는 이들 안에는 늘 리듬이 있다.

1910년, 함께 추는 춤

마티스는 회화 작업을 할 때 단순화를 중시했다. 무엇을 단순화한다는 것일까. 형태를? 색깔을? 입체감을? 사실상 모든 것이었다. 회화 작업을 할 때도 그는 스케치가 지닌 본래의 날렵한 미덕을 지키기 위해 붓을 들었다. 붓을 드는 일은 스케치를 채우는 일이기도 하지만, 궁극적으로는 그것을 덮어버리는 일이다. 연필선이 드러나는 작품도 있지만, 기본적으로 채색 작업은 원래의 구상을 뚜렷하게 하는 작업이기 때문이다. 구상이 뚜렷해질수록 역설적으로 처음의 의도는 희미해진다.

나는 결코 스케치에 다시 손대지 않는다: 구성을 다소 바꿀 수 있을지도 모르기에 같은 사이즈의 캔버스를 사용한다. 그러나 그 작업을 수행하는 동안에도 항상 같은 느낌을 전달하기 위해 힘쓴다.

두 마리 토끼를 다 잡는 일은 사실상 불가능하다. 한 토끼를 잡으면 다른 토끼가 도망가고, 다른 토끼를 힘겹게 붙들면 원래의 토끼가 손에서 금세 빠져나가기 때문이다. 단순화가 지닌 역설을 그는 형태의 뉘앙스nuance로 극복하고자 했다. 이 뉘앙스는 섬세함을 지향한다기보다 어딘가로 향하고 있다는 느낌을 더욱 강렬하게 드러낸다. 거기에 색. 마티스의 그림을 볼 때면 색이 많다고 해서 꼭 화려한 것이 아님을 알게 된다. 어떠한 색깔을 어디에 쓸 것이냐에 따라 그림은 생기를 얻기도 하고 잃기도 한다. 간명한 형태와 거기에 걸맞은 최소한의 색, 이 둘이 제대로 만나면 선과 색은 춤을 춘다. 혼자 추는 춤이 함께 추는 춤이 된다.

색을 사용하면 마법에서 비롯된 것처럼 보이는 에너지

〈춤 2 *La danse II* 〉
1910, 캔버스에 유채, 260×391cm, 에르미타주 미술관

를 얻는다.

마티스는 이 마법을 무조건 믿지 않았다. 달리 말해, 마법 에너지를 함부로 쓰지 않았다. 색채 화가라는 별명은 그가 많은 색깔을 사용해서 얻은 것이 아니다. 적재적소에 배치된 색에서, 그 색들이 서로 교호交好하거나 길항하며 뿜어내는 에너지에서, 무엇보다 구상과 구성을 해치지 않고 저 자신의 매력을 드러내는 개개의 색에서 비롯한 것이다. 형태라는 말은 색을 만나 웅변이 된다. 그러므로 마티스에게 있어 그림이란 원래 있었던 것에서 비롯한 또 다른 어떤 것이다. 또 다른 어떤 것은 형태와 색을 만나 원래 있었던 것과 한없이 멀어진다.

세르게이 슈킨이 의뢰해서 작업했던 〈춤 1〉의 스케치를 마티스는 가지고 있었던 모양이다. 그로부터 1년 뒤인 1910년, 그는 이 스케치를 바탕으로 거의 똑같은 크기의 〈춤 2〉를 완성한다. 전체적으로 선과 색채는 이전 작품보다 한층 더 강렬해졌다. 진한 선은 신체를 더욱 도드라지게 만들어준다. 〈춤 1〉과 나란히 놓고 보았을 때 특히 눈에 띄는 건 신체의 근육이다. 마치 그림 안에 등장하는 다섯 명의 인물이 〈춤 1〉이 그려진 이후에도 계속해서 춤추고 있었던 것처럼. 〈춤 2〉의 인물들의 피부색도 진해졌는데, 이는 춤의 열기를 보여주는 데 하등의 부족함이 없다. 햇빛과 달빛이 밤낮으로 이들을 그을렸을 것이다.

배경의 파랑 또한 선명해졌다. 파랑은 춤추는 이들을 밤하늘 위로 이끄는 것 같다. 반대로 그림 아래쪽의 차분해진 초록은 춤에도 완급緩急이 있음을 역설한다. 빨라졌다가 느려졌다가 커졌다가 작아졌다가 빽빽해졌다가 성글어졌다가…… 속도와 크기와 밀도는 모두 춤의 소관이다. 구심력과 원심력은 이들이 맞잡은 손에서 항시 제어된다. 관성과 중력은 리듬이 지속될 수 있게 도와준다. 이 때문에 지면地面과 지면紙面은 계속해서 들썩일 수 있다. 흥분에 찬 발자국으로 인해, 그것을 기록하는 성실한 펜 끝으로 인해. 춤에서 소외되는 사람은 아무도 없다.

〈춤〉이라는 제목의 그림 두 점은 원근법이 무시된 채 그려졌는데, 이는 춤을 출 때는 춤추는 사람이 세계의 중심임을 보여준다. 회화의 전형이라는 것이 존재했던 시기, 그것을 부수고 나온 화가들은 진리나 규준으로 여겨지는 것들을 과감히 버렸다. 마티스도 마찬가지였다. 춤추는 사람에게 스포트라이트를 쏟기 위해 그는 원근법을 과감히 무시했다. 마티스는 회화의 전형과 멀어짐으로써 스스로의 스타일에 한발 더 가까워진 셈이다. 지난 20년 동안 글을 쓰다 망설일 때면 마티스의 이 말이 든든한 이정표가 되어주었다.

창의성은 용기를 필요로 한다.

다시 2022년, 막다른 곳에서만 출 수 있는 춤

6년 만에 길에서 우연히 A를 만났다. A는 더 이상 춤을 추지 않는다고 했다. 어떤 심경의 변화가 있었는지 A는 내게 존댓말을 했다. 오랜만에 만나서 당황한 것일까 싶었는데, 표정을 보니 그게 아니었다. 동갑내기 친구인데, 예전처럼 편하게 말을 주고받자고 말했다가 되레 이런 말을 들었다.

"저한테는 이게 편해요."

편하지는 않았으나 대화의 균형을 맞추기 위해 나도 A에게 존댓말을 했다. 존대법을 활용하며 30분쯤 대화를 나뉘보니 어느새 A에게 익숙해졌다. 2006년의 A와 2016년의 A가 아닌, 바로 2022년의 A에게 말이다.

A는 부상에서 회복하기 위해 지난한 재활 운동을 했다고 했다.

"어느 날 이런 생각이 들었어요. 나는 다른 사람이 되었다고, 아무리 재활 훈련을 열심히 받는다고 해도 결코 예전으로 돌아갈 수는 없을 거라고."

문득 같은 춤을 추더라도 이전과 완전히 똑같이 출 수는 없다고 이야기할 때 A가 덧붙였던 말이 떠올랐다. "사람은 계속 변하니까."

고민하다 어렵게 입을 뗐다.

"그래도 포기하기에는 빛나는 재능이 아깝지 않았어요?"

A는 고민 없이 선선히 대답했다.

"춤을 잘 추는 것 말고는 다른 목표가 없었잖아요. 그걸 가지고 무엇을 하겠다는 목표 말예요. 어떤 분야의 최고봉이 된다거나 국제 대회에 나가서 수상을 한다거나 하는."

잠시 침묵이 흘렀다. 나는 A가 조금 더 말해주길 바랐다. 6년 만에 만나서 불쑥 던지기에는 질문의 무게가 너무나 컸기 때문이다. 내 마음을 읽은 듯 A가 말을 이었다.

"좋아하는 것을 잘할 때 사람들은 축복이라고 하죠. 그런데 좋아하는 것을 잘하는 것만으로는 안 되더라고요. 사회에서는 그 이상을 요구하니까요. 정확히 말하면 잘한다는 사실을 증명하는 것 말예요. 유수하다고 여겨지는 학교에 들어가고 각종 오디션을 통과하고 세계적인 무용단에 소속되는 것 등 많잖아요. 근데 이상하게 그런 생각을 하니까 춤이 딱 싫어졌어요."

"하루아침에요?"

"네. 그런데 춤추는 것 자체가 싫어졌다기보다 춤으로 무엇을 하는 게 싫어진 거예요. 춤은 추고 싶을 때 춰야 좋으니까요. 그래야 행복하니까요."

A를 지탱해 주는 거의 유일한 명사였던 춤은 이제 A의 곁에 없는 것일까? A는 춤 없이도 행복하단 말인가? 백지가 된 내 얼굴을 보며 A가 빙긋 웃었다. 지면이 이제 그의 말로 다시 채워질 것이다.

"춤을 아예 안 추지는 않아요. 설명하자면 직업으로 추는 것에 가깝겠네요."

내 눈동자가 커졌다. 동공 확장을 눈치채지 못할 A가 아니었다.

"더 이상 춤을 안 춘다고 말했다가 다시 춘다니까 이상하죠? 스스로에게 가까워지기 위한 춤은 더 이상 안 춘다는 말이었어요. 저는 요즘 노인복지관에서 일해요. 일주일에 세 차례 춤추는 시간이 있는데, 그때는 할머니들과 더없이 신나게 춘답니다. 수업이 끝나면 온몸에 땀이 흥건해요."

할머니들 사이에서 열심히 춤추는 A의 모습을 그려보았다. 상상이 잘 안 됐다. 내가 아는 A는 늘 혼자 춤을 추고 있었으니까.

"할머니들 춤을 보면 어떤 생각이 드는지 알아요? 춤은 그 사람을 통째로 반영한다는 것. 그래서 모든 춤은 슬픔과 기쁨과 증오와 깨달음과 안타까움이 뒤범벅되어 있다는 것. 막춤은 마구잡이로 추는 춤이 아니라 어쩌면 막다른 곳에서만 출 수 있는 춤이라는 것."

A의 말에는 춤추기 직전의 법석임과 춤추고 난 직후의 헐떡임이 다 담겨 있었다.

"여전히 앙리 마티스 좋아하나요? 그가 생전에 이런 말을 한 적이 있대요."

사랑에서는 도망가는 사람이 승자다.

"그래서 저는 승자예요. 춤으로부터 도망갔으니까."

A는 웃고 있었다. 더 이상 평온할 수 없는 웃음이었다. 나는 2022년의 A와 더 가까워지고 싶다고 생각했다. 헤어질 때 A가 심상하게 물었다. 밥 먹었느냐는 질문처럼, 잘 지내고 있느냐는 질문처럼.

"춤 잘 춰요?"

그 순간, 나는 또다시 얼어붙고 말았다.

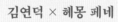

김연덕 × 혜몽 페네

강하고 천진한 연인

_____ 김연덕

1995년 서울에서 태어났다. 한국예술종합학교 서사창작과를 졸업했으며 2018 대산대학문학상을 통해 작품활동을 시작했다. 시집『재와 사랑의 미래』, 산문집『액체 상태의 사랑』이 있다. 모든 그림엔 각기 다른 형태의 거칠고 확실한 사랑들이 깃들어 있다고 믿는다.

_____ 레몽 페네 (Raymond Peynet, 1908~1999)

프랑스 파리에서 태어난 삽화가, 일러스트레이터, 판화가. 주로 '사랑', '연인', '결혼'을 주제로 삼았다. 유럽뿐만 아니라 미국, 일본에까지 널리 알려졌다. 페네의 작품은 2차 세계대전 직후 비애에 빠진 유럽 사람들에게 따뜻한 위로와 미소를 선물하고, 오로지 '사랑'으로써 거대한 아픔과 상처를 치유할 수 있음을 보여주었다.

헤몽 페네의 그림을 처음 본 것은 열세 살 때였다. 초등학교 바로 앞에 있던 서점, 그 작은 서점의 서가에서 집어든 책 『이야기가 있는 미술관』(김승현, 컬처클럽, 2014)에서. 딱히 화가나 미술 관련 책을 읽으려던 건 아니었다. 목차를 보다 궁금한 작품을 발견한 것도 아니었다. 당시 나는 나를 포함한 세상에 답답한 것이 무척 많은 어린이였지만 그것이 무엇인지는 잘 알지 못했고, 그래서 내가 도대체 어디에 닿아 어떻게 넓어지고 싶은 것인지도 몰랐다. 정체 모를 불안과 아쉬움을 해소하기 위해 거리를 쏘다니듯 이런저런 책을 멍하니 읽었을 뿐이었다. 그러니까 나는 조금 다른 어린이이고 싶었다. 책가방을 메고 무거운 안경을 쓰고, 방과 후 서점의 서가 앞을 서성이던 나에게 찾아올 책은 어린이용 책만 아니면 되었다.

그래서 우연히 집어든 그 책을 휘릭 넘겨보았다. 페네의 그림은 책의 후반부에 실려 있었는데, 호수와 달과 은하수와 정자 아래서 사랑을 나누는 연인들을 그린 것이 대부분이었다. 미술관에 걸려 있는 연인들에 비해 무게도 없고 드라마도 없는, 어쩌면 그림의 배경보다도 편안하고 평범한 연인들의 모습. 사랑의 한가운데서 사랑에만 열중하고 있는 연인들의 모습. 그런데 반복해서 등장하는 연인들의 몽롱한 자세와 표정이 이상하게 마음을 끌었다. 사랑하면 정말 이런 표정이 되고 이런 세상에 둘러싸이게 되는 건가? 사랑은 아프고 괴로운 거라고 들었는데……. 페네의 상상이 가짜 같기도 진짜 같기도 했다. 한낮의 서점에서, 잠깐의 순간에도 그의 연인들에 매혹되었던 동시에 의뭉스러웠던 것 같다. 연인들의 구름 의자와 쪽배와 별들 사이에 나도 참여하고 싶은 것인지, 이런 건 진짜가 아니라고 반발하고 싶은 것인지 속에서 여러 말들이 얽히며 꿈틀댔다. 그럼에도 분명했던 건, 사랑을 해본 적 없던 열세 살의 나에게조차 그들이 바로 옆에 선 것처럼 가깝게 느껴졌다는 것이다. 사랑의 그림에 처음으로 초대받은 느낌. 상대가 응할 것인지 말 것인지 신경도 쓰지 않고, 가볍게 자신들의 세계로 초대하는 연인들과 마주한 느낌. 이전과는 다른 느낌으로 책을 쉽게 덮을 수 없었다. 나는 오직 페네를 위해, 책에서 20페이지도 차지하지 않는 그 부분을 읽고 간직하기 위해 그것을 계산대로 가져갔다. 그의 그림은 거의 내가 들고 다니는 노트에 한 낙서 같았고 그게 낙서라면, 내가 태어나 보았던 낙서들 중 가장 이상하고 아름다운 것이었다.

책에는 헤몽 페네에 대한 간략한 정보가 적혀 있었다. 그가 언제 태어나 언제부터 작업을 시작했고, 〈연인들〉 시리즈의 모델이 된 사람은 누구이며, 그림 외에도 도자나 엽서 등에 어떠한 작업들을 했는지에 관한 정보들이. 그러나 그림은 몇 장 밖에 없었기에 그날 이후 인터넷에서 페네의 그림을 자주 찾아보았다. 〈연인들〉 시리즈의 그림을 여러 개 저장해 핸드폰에 넣고 다니기도 했다. 학교 가는 길에, 친구와 막 헤어지고, 수학 숙제를 하다가 그의 그림을 내내 들여다봤다. 골똘히 들여다보고 있으면 나에게도 이런 사랑이 찾아올까 궁금해지기도 했다. 그때는 몰랐지만 나중에는 주문을 걸듯, 반드시 저 사람들처럼 되고 싶다는 마음을 담아 쳐다봤던 것도 같다. 등장하는 연인들 중 남자가 음악가였고 여자가 팬이었다. 그런 식의 구도가 단박에 마음에 들지는 않았지만(나는 여자가 음악가이고 남자가 팬이었으면 했다) 페네 그림 속 음악가는 함부로 젠체하거나 음악으로 환심을 사려는 사람은 아닌 것 같아 크게 신경을 쓰지는 않았다.

책에서 지금도 기억나는 대목은 일본 가루이자와에 페네 미술관이 있다는 거였다. 사랑 때문에 죽기도 하는 일본 문학 속 사람들의 마음과 페네의 주인공들 사이에 어떤 주술적인 확실한 교환이 있었던 걸까. 절대적인 사랑에 공감하는 마음 같은 것. 바보처럼 집중하는 태도에 대한 존중 같은 것. 그곳이 어떤 곳일지 상상하기 어려웠지만 미술관 정원에 페네 조각상이 있다는 문장을 읽고는, 언젠가 어른이 되면 꼭 가루이자와에 가서 그것들을 실제로 봐야지, 다짐했던 것이 생각난다. 그리고 그로부터 15년이 지났다.

나는 열세 살 꼬마에서 스물여덟이 되었다. 사이사이 무서운 사랑들은 예상치 못한 빛으로, 예상치 못한 때 찾아왔다. 내가 어른이 된 것이 맞는지, 어른이 무엇인지는 모르겠지만 사랑의 겉과 안은 여전히 아프고 어렵게 느껴진다. 다짐한 지 15년이 지났지만 가루이자와에 있는 페네 미술관에 아직도 가지 못했고 말이다. 결심만 하면 그렇게 어려운 일도 아니었을 텐데, 미술관에 가볼 생각도 하지 못할 정도로 지난한 사랑이 나를 통과해 지나갔다. '지나갔다'는 문장 옆에 마침표를 찍으니, 페네의 그림 앞에서 감탄했던 열세 살 그 시절의 내가 꼭 나의 전생처럼도 느껴진다. 핸드폰에 다운로드한 〈연인들〉 시리즈를 보며 미래의 사랑에 남몰래 희미한 기대를 품던 나, 사랑이 그런 것만이 아니라는 것을 미리 알고, 좋아하던 그림에 조금은 방어적인 태도를 취했던 나. 그때의 나는 얼마나 남아 있을까.

그 시절 보았던 페네의 그림은 근사한 착각이나 마비 같았다. 나를 찌를 것같이 완벽하게 부드러워 보이는, 수면 아래 위태로움이 감추어져 있을 것 같은 페네의 그림. 사랑이 하나 지나갈 때마다 내가 완전히 다른 사람이 되었기 때문일까. 페네의 그림도, 그 그림이 건네주었던 미묘한 온기도, 사랑이 가진 다른 면모나 가능성도 차가운 얼굴로 조금씩 잊어갔기 때문일까. 어쨌든 사랑은 아름다운 만큼 잔인했고, 어떤 것은 기척도 남기지 않은 채, 어떤 것은 잊지 못할 상흔을 남긴 채로 갔다. 가끔이지만 어떤 부분들은 선물로 남겨져 더 복잡하기도 했다.

　나의 첫 시집 『재와 사랑의 미래』에는 같은 제목의 《재와 사랑의 미래》 연작이 6편 실려 있다. 시를 처음 쓰기 시작했던 이십 대 초반부터 첫 시집 발간까지의 몇 년 동안, 내 삶을 감싸고 있던 가장 큰 화두는 사랑이었다. 사랑할 때면 에너지를 조절하지 못하는 스스로를 받아들이기 힘들 때마다, 그럼에도 그런 부끄러운 나를 받아들이고 다시 사랑하고 싶을 때마다, 사랑으로 무너지거나 행복해질 때마다 시를 썼다. 나에게 사랑과 삶은 구분되는 것이 아니었고, A4 분량으로 일고여덟 페이지가 넘어가는 시의 길이 역시 사랑의 시작과 중간과 끝에 대한 나만의 헌사였다. 사랑은 산뜻한 것만이 아니고, 한손에 잘 쥐어지는 화분이나 구슬이나 물병 형태가 아니고, 오히려 더럽거나 끈적한 것, 지지부진 손가락 사이로 흘러내리는 것이기도 하니까. 시를 읽는 사람들이 사랑의 피곤함을 육체적으로 함께 체감했으면 했다. 페네의 동화 같은 그림은 이제 나오는 영영 관련 없는 세계가 되어가는 듯했다.

그런 내가 다시 헤몽 페네의 그림을 찾아보게 된 것은 친구들의 결혼식에 써줄 편지를 고민하면서부터였다. 고등학생 때 뒷자리에 앉아 시답잖은 쪽지를 주고받던 친구가 가을에 결혼을 한다. 나에게는 아직 어린 친구 같은데, 교복 입은 그 친구를 떠올려도 전혀 어색하지 않은데 그 애가 결혼을 한다. 흠결 없는 행복을 비는 말들로만 꽉 찬 가슴이 기분 좋게 출렁였다. 나는 많은 사랑에 실패했지만 사랑하는 친구들의 사랑만은 진심으로 응원해 주고 싶었기에. 소중한 사람들 앞에서 영원한 서약을 하는 마음을 차마 다 가늠하지는 못하지만, 내가 보았던 가장 아름다운 낙서, 호수와 달빛과 구름 속으로 들어간 친구들에게 가장 적확한 문장으로 축하를 건네고 싶었기에.

어쩌면 열세 살의 내가 정확히 본 것인지도 모른다. 내가 닿고 싶은 연인 간의 완벽한 사랑은 가벼운 낙서에 가깝다. 페네가 자주 하던 작업인 〈연인들〉 석판화를 이루던 얇은 선들에 가깝다. 유화의 두꺼운 선들이 아닌, 최선을 다해 둘 사이의 서사와 명암을 드러낸 붓 자국이 아닌, 사랑의 파국과 복잡함을 다 보여주지 않고도 선들 사이를 겹침 없이 지나는, 투명하고 확실한 색들에 가깝다. 편지나 손수건에 실리는 것이 더 어울릴 것 같은 환한 표정들에 가깝다. 친구들이 찾은 답에 단순하면서도 단단하며 용감한 문장들을 주고 싶었다. 시나 소설은 아니었지만, 며칠 고민하다 불현듯 떠오른 이미지가 페네의 그림이었다.

몇 번의 사랑을 통해 나 자신의 한계도, 더러움도, 온갖 어둡고 생생한 상처들도 다 알게 되었음에도 왜 다시 페네가 떠올랐냐고 한다면, 역시 순수한 사랑의 한 순간에 대한, 그 한 장면에 대한 애착이 나에게 남아 있었기 때문에. 〈연인들〉 시리즈의 우아함과 부드러움이 그래도 좋았기 때문에. 뻔한 것처럼, 안전한 것처럼 보이는 음악가와 팬의 사랑을 다시 재생시키고 싶었기 때문에. 그렇게 무결한 메시지를 친구들에게 건네고 싶은 마음이 아직은 나에게 남아 있었기 때문에.

그리고 다시 찾아본 그림들과 페네의 삶에서, 나는 초등학생 때 미처 발견하지 못했던 그의 그림의 이면에 대해서도 들여다보게 되었다.

오늘 오후, 처음의 페네를 따라가기 위해 내가 페네를 처음 만났던 책, 15년 전 그 서점에서 샀던 책을 다시 펼쳤다. 오랜만에 꺼낸 책이라 페이지 사이사이 먼지가 끼어 있었지만 다행히 버려지지 않고 책장 한 구석에 꽂혀 있었다. 당시에는 슥 읽고 넘어간 부분이었겠지만, 내 눈에 들어온 가장 놀라운 대목은 페네가 이브토의 레퓌블리크République 거리 출신이었다는 점이었다. 레퓌블리크 가는 내가 깊이 좋아하고 애정하는 소설가 아니 에르노 때문에 익숙하다. 아니 에르노는 그녀의 여러 저작들(『빈 옷장』, 『진정한 장소』, 『부끄러움』 등) 에서 본인이 성장한 레퓌블리크 가에 대해 설명하고 있는데, 자신이 다녔던 사립학교의 길과는 계층적으로 전혀 다른 쪽의 길, 다른 성질의 길인 그 길에 부모님의 식료품 가게가 있었고, 그것이 에르노에게는 최초의 혼란이었다. 완전한 노동자 계층을 위한 거리는 아니었지만, 노동자들을 늘 상대해야 했고 관계되는 일을 해야 했던 이들이 많이 살고 있던 거리, 사립학교에 다니는 아이들은 거의 지나다니지 않던 거리. 두 세계가 섞인 채로 성장한 아니 에르노는 레퓌블리크 가를 벗어나고 싶어 했고, 에르노가 사립학교 우등생이라는 사실이 에르노의 부모에게는 큰 자랑이었다. 그들은 에르노가 자신들과는 다른 인생을 살길 바랐다. 반대로 페네의 부모는 페네가 큰 빵가게의 주인이 되길 바랄 정도로 평범한 부모였다.

페네의 부모도 그 길에서 식당 겸 카페를 운영했다. 레퓌블리크 가에서 식료품점 겸 카페를 운영했던 아니 에르노의 부모와 마찬가지로 말이다. 페네가 1908년생이고 아니 에르노가 1940년인 생인 것을 감안하면 둘 사이의 시차가 30년 정도는 되지만, 나에게는 전혀 다른 성격의 예술가로 다가왔던 두 사람이, 그들 성장기 풍경의 이런 우연한 겹침이 운명적으로 느껴지기까지 한다. 게다가 페네는 딸 이름을 '아니'라고 지었다.

물론 두 사람 사이에 생긴 이런 신기한 몇몇 우연들에는 어떤 이유가 없을 것이다. 하지만 내가 초등학생 때 매료되었던 헤몽 페네와, 이십 대가 되어서야 탐독한 아니 에르노가 머릿속에서 필연적으로 연결된 순간에 대해서는 꼭 이야기하고 싶다. 페네와 에르노 작업의 핵은 모두 '사랑'이다. 현실의 삶에서도 그들은 뜨겁게 사랑했고, 이 주제를 반복해 다루는 것을 부끄러워하지 않았다. 그들의 작업과 삶은 결코 분리된 것이 아니었다. 표면적으로 보이는 작업의 결에 차이가 있다고 해도 말이다.

아니 에르노의 사랑이 그녀를 아프게 하고, 비이성적으

로 만들고, 때로는 사랑 외에 다른 것은 전혀 바라보지도 못하게 했더라도 에르노는 사랑을 통해 늘 다른 곳으로 갈 수 있었다고 고백한다. 아니, 그녀의 인생에 사랑 외에 다른 선택지가 없어 보이기도 한다. 페네의 사랑은 어땠을까. 페네는 열여덟 살 때 보석 세공사였던 드니즈를 만났다. 그들은 1930년에 결혼한 뒤로 해로했으며, 드니즈가 나이가 들어 운명을 달리한 뒤로 페네는 딸 아니네 집에서 거의 은둔하다시피 했다고 한다. 〈연인들〉 시리즈의 모델이 드니즈로 알려져 있는데, 페네에게는 영감의 원천으로서도 삶으로서도 드니즈가 전부였다. 이미 성공한 작가였던 페네, 죽기 전까지 작업 자체에 더 미쳤을 수도 있었을 페네, 그러나 은둔해 버린 페네. 그의 모습은 마치 처음 이별을 겪은 청년의 그것과 비슷해 보인다.

이런 페네의 사랑을 과연 에르노의 사랑에 비해 덜 무시무시한 것, 덜 거침없는 것, 덜 뜨거운 것이라고 할 수 있을까. 둘의 작업만 두고 보았을 때 페네의 사랑은 훨씬 가볍고 천진해 보인다. 사랑의 끝을 겪어보지 않은 미숙한 사람이 그린 그림 같기도, 사랑의 한쪽 면만을 보여주는 철없는 장난 같기도 하다. 그런 면 때문에 나도 페네의 그림과 처음 만났을 때 혼란을 겪었고, 좋아했으며, 떠나 있다가 어떤 고정관념에 의해 그를 다시 나의 일상으로 소환할 수 있기도 했다. 이 모든 과정이 나의 오해였음을 이 책을 15년 만에 읽으며 또 그의 그림을 찬찬히 바라보며 알았고, 나 스스로 만들어낸 에르노와의 이상한 공통점을 통해서도 알게 되었다. 페네가 레퓌블리크 가에서 성장한 사람이 아니었다면, 딸의 이름이 '아니'가 아닌 다른 것이었다면 에르노의 사랑과 페네의 사랑을 같은 선상에 두고 비교해 볼 일도 없었을 것이다. 작업으로 발산되었던 사랑의 결이 무척 달랐기 때문에 둘의 사랑이 실은 얼마나 비슷한 꿈, 비슷한 에너지에 속해 있었을 수도 있음을 짐작조차 하지 못했을 것이다. 그 말은 페네의 작업과 나의 작업, 나의 사랑이 반대 선상에 있는 것이 아니라 오히려 하나로 연결되어 있다는 뜻도 된다.

페네의 〈연인들〉 시리즈에서 어떤 그림을 가장 좋아하냐는 질문을 받으면 답하기 곤란해진다. 주제와 등장인물은 계속해 겹치지만, 그들이 함께 앉아 있거나 기대 서 있거나 끌어안고 있는 각각의 세계가 너무도 고유하게 움직이고 있기 때문이다. 각자의 속도대로 조금씩 모이고 있기 때문이다. 그럼에도 특별히 좋아하는 그림 세 개를 가져왔다. 검은 모자를 쓴 남자가 페네 자신의 분신이라고도 할 수 있는 음악가이고, 그는 늘 자주색이나 검은색 양복을 입는다. 음악가의 팬이자 연인인 여자의 표정은 무척이나 침착한데, 그들을 둘러싸고 있는 세계가 비현실적이며 어떻게 보면 음산하고, 낯설고 이상한 비밀들로 가득함에도 이 바깥을 서로의 사랑으로 이겨내고 있는 것인지, 즉 사랑이 너무나 강력해 나무 위의 천사들이나 호수 위 집쯤은 흐릿하고 평범하게 여겨지는 것인지, 그러니까 비현실 따위 중요해지지 않는 것인지, 아니면 그들의 사랑이 현실에서 몇 센티미터쯤 붕 떠 있는 것 같은 이 세계를 새로이 창조해내고 있는 것인지도 파악하기 어렵다. 어쨌든, 그들은 이 풍광들 앞에 크게 감동하거나 들뜨는 대신 배경과 하나가 되어 조용히 흘러가고 있는 듯 보인다.

왜 이전에는 이런 어두운 운동들이 잘 보이지 않았을까. 현실에는 없을 것 같은 페네의 연인들, 사랑의 아픔이나 깨어짐과는 전혀 상관없는 곳에 가서 유유자적 사랑을 즐기고 있는 것처럼만 보이는 연인들을 내가 모르는 새 질투해

왔던 것인지도 모른다. 저런 사랑은 가짜야, 천사들의 가호 아래 높은 성 아래 평생 보호받는 사랑 따위 가능할 리 없잖아, 하고 말이다. 그래서 마치, 매일 아침 식탁에 앉고, 화장실 청소를 하고, 평범하게 흘러가는 하루를 보낸 뒤 작은 침대에 나란히 누워 지어보여도 어색하지 않을 것 같은 저들의 온화하고 생활적인 표정은 다 읽어내지 못했던 것이다.

첫 번째 그림의 남자와 여자는 몸통에서 나무줄기가 솟아나오는 거대한 새 위에 앉아 있다. 가지에 앉은 천사들이 바이올린을 연주하고 있는데, 남자와 같은 모자를 쓴 것으로 보아 남자의 수호천사들이 둘에게 찾아온 순간 혹은 남자의 취향(음악이든 독서이든 꽃꽂이에 쓰인 꽃들이든)이 둘 사이에 공유되는 순간을 뜻하는 것으로 보인다. 나뭇가지에 걸린 실크 커튼은 새나 나무와 구분되지 않는 탁한 청록색이다. 왜 매 그림마다 인물들의 표정까지 섬세하게 그려낸 페네가 이것들은 같은 색으로 처리한 것일까. 이는 의도된 것처럼 보인다. 커튼이 그들을 환영해 주는 느낌이 나에게는 덜했다. 어쨌든 두 사람은 새의 등에 불편하게 타고 앉아 책 한 권을 나눠 읽고 있다. 감정이 거의 실리지 않은 얼

〈연인들−사랑의 나무 *L'Arbre d'amour*〉
1985, 57×43cm, 석판화

굴, 그러나 무릎과 허리는 가까이 맞대고 있는 두 사람이다. 어쩌면 나무와 천사와 거대한 새 대신 소파와 벽걸이 티브이와 잘 관리되지 않은 식물이 함께 놓여 있어도 잘 어울릴 그림 아닐까. 사랑으로 현실을 견디고 있는 커플의 모습을 이번에야 페네의 그림에서 처음 발견한 것이다.

두 사람의 우아함과 부드러움을 위해서라면 너무 많은 눈물이 필요했을지 몰라. 너무 많은 삶에 대해 끝없이 나누는 방식으로, 다만 서로가 상처받지 않기 위해 시간과 언어를 고르는 사려 깊고 오래된 방식으로, 그 많은 것들을 인내하고 함구해야 했을지도 몰라. 아니 에르노가 사랑을 말하기 위해 폭발적인 언어를 쏟아냈듯, 내가 사랑 앞에 할 말이 없어져 무력하게 누워 있었듯, 사랑에 충실했던 모두와 마찬가지처럼.

두 번째 그림은 또 어떤가. 둘은 쪽배를 타고 강 한가운데 떠 있고 어딘가로 향하고 있는 것처럼 보이는데, 서로를 꼭 껴안고 있다. 정박하려는 시도를 하지 않는 것으로 보아 기묘하게 꺾인 나무 암석 위의 집이 그들의 목적지는 아니다. 해는 뉘엿뉘엿 지고 있고, 그들의 목적지까지 얼마나 남았을지는 알 수 없다. 여기서도 배경을 잠시 지워보자. 폭풍

〈연인들−배 위의 연인*Les amoureux à la barque*〉
1980, 57×43cm, 석판화

이 찾아와 정전된 집안에서 그들이 서로를 안고 있다고, 빚더미로 가득해 파산한 집에서 서로를 안고 있다고 상상해보아도 두 사람의 표정과 자세는 성립되는 것 같다. 음악가의 표정은 앞선 그림보다도 의연하다. 그림과 화가의 삶을 동일시해 해석하는 것이 조심스럽기는 하지만, 페네를 더 이해하고 싶으니 조금만 더 가보자. 페네와 그의 아내 드니즈가 살면서 겪어왔을 일들을 다 상상하기는 어렵다. 그런데 어쩌면, 그들에게는 견디기 어려운 일들, 세련되게 뜻을 전하거나 반응하기 어려운 많은 일들이 있었을 것이다. 서로를 안고 싶지 않은 날들도 더러 있었을 것이다.

그러나 어떤 상황에 처했더라도 그들에게는 서로가 있었으므로 집안도 호수가 되고, 앞으로 닥칠 미지의 일들이 나무 암석 건너편의 환하게 빛나는 섬들이 되고, 주춤거리는 자세 역시 수면에 비친 서로의 아름다운 실루엣이 되었던 것 아닐까. 노인들이 해로한 이야기를 듣는 것이 좋다. 손을 잡고 걸음을 맞추고 서로를 바라보며 거리를 걷는 나이 든 사람들을 보는 것이 좋다. 페네가 평생 그린 그림을 역으로 쫓아보는 지금도 비슷한 기분이다. 그 장면이 단지 아름다워서가 아니라, 그들을 차분하게 하지 못했을 무수한 일들, 사랑 이후의 일들을 묵묵히 건너와 가능한 몸짓들이기 때문에. 사랑 이후의 일들과 사랑의 복잡다단함은 잘 구분되지 않는다. 반대로, 시간을 견뎌온 사람의 얼굴에서 보이는 맑고 산뜻한 사랑과 첫사랑의 그것도 잘 구분되지 않는다. 사랑의 어려움과 지루함을 함께 건너가는 것만이 사랑의 지속이기 때문에.

세 번째 그림에서 음악가와 연인은 별을 쓸고 있는 천사와 만난다. 여자는 등을 돌리고 있어 표정을 잘 알아볼 수 없지만, 묘하게 무관심한 천사의 태도와 음악가의 위축된 눈빛으로 미루어 보아 둘이 천국에서 환영받고 있는 것인지는 확신하기 어렵다. 이렇듯 그림의 세부 요소들을 천천히 뜯어보다 보니, 초등학생 시절의 내가 기억했던 것만큼 그들을 둘러싼 호수와 구름들이 완벽하게 편안하고 따뜻한 세계는 아니라는 사실도 알 수 있었다.

강하고 천진한 연인. 페네의 〈연인들〉 시리즈를 나는 이 문장으로 정리하고 싶다. 이전에 발견하지 못했던 연인들 간의 강한 결속력을, 그들 사이의 모든 문제들을 이겨버리는 신비로운 다정함을 그의 연작들 속에서 너무나 깊이 느

〈연인들 – 천국의 호텔과 작은곰자리*Grand hôtel du Ciel et de la petite Ourse*〉
1985, 52×38cm, 석판화

겼기 때문에. 그래서 내 사랑이 당장 나에게 너그럽거나 눈앞에 환한 빛깔로 드리워지지 않아도, 연인들이 속한 환상적인 배경이 나오는 전혀 어울리지 않아도, 15년 전의 내가 그랬듯, 변함없이 따뜻한 그의 그림에 기대 다시 사랑을 믿고 싶어진다. 15년 전에 다 읽어내지 못했던 두 사람의 무심하고 단단한 표정에, 반듯한 자세에 힘입어서. 사랑하면 어느새 둘러싸이게 될 나와 그만의 세상을 가뿐한 어깨로 기다리고 싶다.

페네는 생전 성공한 작가였다. 그의 그림은 상업적으로도 많은 사랑을 받았고 손수건과 엽서와 우표와 도자기, 꽃병과 놀이카드에도 새겨졌다. 나는 그가 늦게 빛을 본 비운의 작가가 아닌 성공한 작가였다는 사실도 좋다. 거리낌 없이 자기 그림을 상품으로 만드는 것에 찬성했던 작가라 좋다. 그의 그림이 실제 연인들의 선물 목록에도 들어가 그들도 몰래 전해졌을 것을 상상하면 무척 즐겁기 때문이다. 특히 미술관에 가지 않는 연인들 사이에도, 페네가 누구인지 이름을 모르는 연인들 사이에도 페네의 그림이 탁구공처럼 주고받아졌을 가능성, 주방이나 가방 안으로 자연스레 녹아들었을 가능성을 따라가 보는 것이 좋다. 페네라면 분명 그들의 '흔한' 비밀이 된 자신의 작품을 마땅히 예뻐하고 기뻐했을 것이다.

동시에, 그가 좋은 남편이자 아빠였다는 사실도 좋다. 페네의 삶을 가로지르는 몇 개의 단순한 문장들, 문장들의 투박한 행복에서 오히려 그의 복잡함이 읽힌다. 끝없이 사랑하기 위해 그가 어떤 식으로 집중했을지, 사랑 때문에 그 자신의 삶이 얼마나 괴롭고 충만했을지, 매 순간 살아 있었을지, 그래서 사랑이 사라졌을 때 왜 스러지고 은둔할 수밖에 없었는지가 읽힌다.

다음 달 중순, 가까운 친구들 중 한 명이 결혼식을 올린다. 빈틈없이 부드러운 축하의 말을 고민하게 해준, 소중하고 사랑하는 나의 친구. 친구는 때로는 기꺼이, 때로는 분투하며 걸어갈 테고 그건 내가 다 그릴 수 없는 영역의 것이겠지. 친구의 사랑이 〈연인들〉 시리즈의 연인들처럼 완전하게 단순한 것이길. 열세 살, 초등학교 앞 서점의 서가 사이를 서성이면서 내가 나의 사랑을 빌었듯, 너의 사랑 역시 강하고 천진하길 바란다.

신미나 × 장 프랑수아 밀레

God Help the Outcasts

신미나

1978년 청양에서 태어났다. 시 쓸 때는 신미나, 그림 그릴 때는 싱고라는
필명을 쓴다. 2007년 경향신문 신춘문예로 작품 활동을 시작했다.
시집으로 『싱고,라고 불렀다』, 『당신은 나의 높이를 가지세요』가 있고 『안
녕, 해태』(전3권), 『詩누이』, 『서릿길을 셔벗셔벗』 등을 쓰고 그렸다.
시와 그림의 어깨 너머로 열리는 먼 곳을 바라보길 좋아한다.

장 프랑수아 밀레 (Jean François Millet, 1814~1875)

바르비종파의 창시자로 알려진 프랑스 화가. 바르비종파는 진지한 태도
로 농민들의 생활을 사실적으로 묘사한 일군의 화가들을 지칭한다. 경력
초기에는 역사 및 초상화가로서 경력을 쌓았지만, 1848년 프랑스 혁명
이후 파리 교외 숲속의 작은 마을 바르비종에 정착하여 스스로 농사를
지으며 농민의 모습과 자연을 그려냈다.

주여, 버림받은 자들을 도와주소서

기억이라는 필터를 거쳐 재구성된 이야기는 허구가 되기 쉽다. 허구가 사실이 아니라고 할 수는 있지만, 진실이 아니라고는 할 수 없다. 이 이야기 역시, 소설처럼 남았다. 나는 가끔 완벽하게 직조된 허구에 메스꺼움을 느끼지만, 몸에 새겨진 감각은 믿는다. 경험을 통과한 감각은 '이해하기 이전에 느껴지기' 때문이다.

감각을 역재생하는 일 역시 불완전하기는 마찬가지다. 기억을 가공했다는 '사실'만이 이 글의 정확한 문장이 될 것이다. 이 글을 쓰는 동안, 나는 진자운동을 하는 쇠구슬처럼 과거와 현재를 오갔다. 그때의 감각을 복기하려면, 내가 고등학생이었던 때로 거슬러 올라가야 한다.

나의 아름다운 피아노

"예수 십자가에 흘린 피로써 그대는 씻기어 있는가. 더러운 죄 희게 하는 능력을 그대는 참 의지하는가."

사장조. 파에 샵(#)이 붙었으니, 반음을 올려 검은 건반을 눌러야 했다. 나는 번번이 같은 마디에서 틀렸다. 예배를 마치고 돌아가는 사람들의 그림자가 샴페인 잔처럼 길게 늘어질 때까지 나는 피아노를 쳤다. 벽촌에 피아노는 귀한 악기였다. 내가 살던 동네에 피아노라고는 정미네 집과 교회밖에 없었다.

피아노. 이 아름다운 악기를 내가 얼마나 좋아했던가. 피아노를 치고 싶어서 얼른 예배가 끝나기만을 기다렸다. 검은 벨벳 드레스를 입은 과묵한 여왕. 붉은 융단을 걷어내면 희고 가지런한 치열처럼 건반이 누워 있다. 순수한 여든여덟 개의 계단과 흑백의 단순미.

레이스 덮개를 벗기고 널찍하고 매끄러운 상판을 열어

보았다. 꽤 무거웠다. 젖은 장작 냄새가 났다. 건반을 누른 채 서서 안을 들여다보니, 해머가 현을 때렸다. 해머는 부직포와 비슷한 재질의 흰 테이프로 싸여 있었다.

나는 악보를 읽을 줄 몰랐지만, 기타 코드가 적힌 악보를 보고 반주의 원리를 이해했다. 오른손은 계이름대로 누르되 왼손은 기타 코드대로 응용해서 반주했다. 이는 글렌 굴드가 싫어했다는 '오른손을 위한 연주'*와 비슷한 원리일까.

C장조일 때는 도미솔, D코드일 때는 레파라, 샵(#)은 반음을 올려서 검은 건반을, 플랫(♭)은 반음을 내려서 검은 건반을 눌렀다. 반주는 서툴렀지만, 피아노는 나를 위해 목소리를 냈다. 이곳이 아닌 다른 시공간의 목소리를 울려주었다.

건반을 누르면 유리컵에 담긴 물이 미세한 파동을 그리며 공명했다. '검은 벨벳을 두른 여왕'은 손가락의 움직임에

---

*   글렌굴드는 낭만주의 음악가들의 여러 피아노 곡, 다시 말해 '예견할 수 있는 몇몇 화음으로 왼손이 노래를 반주하는, 오른손을 위한 음악'을 좋아하지 않았다. 그는 양손의 '성부들 간에 내적, 구조적 연결성'이 있기를 바랐다.(『글렌굴드, 피아노 솔로』, 미셸 슈나이더, 이창실 옮김, 동문선, p. 53)

따라 정직하게 응답했고, 페달을 떼면 긴 드레스 자락을 들 듯 서서히 소리를 거뒀다.

피아노의 페달은 세 개였다. 오른쪽 페달을 밟으면 건반에서 손을 떼도 소리가 끊어지지 않았다. 도, 도, 도. 액셀을 밟듯이 음이 앞으로 이어져 나아갔다. 왼쪽 페달을 밟으면 층고가 높은 교회에서 울리는 성가처럼 음향이 풍부하게 퍼졌다. 가운데 페달은 도통 용도를 알 수 없었다. 집중해서 귀를 기울여도 차이를 알 수 없었다.

열여덟, 내 인생은 용도를 알 수 없는, 피아노의 가운데 페달 같았다.

생활의 동선은 단순했다. 학교, 교회, 집이 삼각을 이뤘다. 종종 방과 후에 시내로 나가 기독교 서점에 들러 두란노나 생명의말씀사에서 나온 서적을 훑어보았다. 주인 눈치를 봐가며 살살 책장을 넘겨보았고, 빈손으로 나가기 민망해서 괜히 책갈피나 엽서 따위를 샀다.

성화를 보는 건 나의 은밀한 취미였다. 성화 속 예수님은 손수건만 한 천을 두른 채 십자가에 못 박혔다. 눈을 치

뜨고 입을 조금 벌린 채 하늘을 보고 있었다. 손과 발에서 보혈이 흘렀다.

금발 천사의 볼은 복숭아 빛으로 물들어 포동포동했고 등에 백조처럼 흰 날개를 달고 나팔을 불었다. 그러나 천사들이 그려진 성화는 나의 눈길을 그리 오래 끌지 못했다.

지상의 예수는 갈빗대의 빗살이 드러날 정도로 메말랐다. 뚱뚱한 예수는 고통과 어울리지 않았다. 깡마른 예수는 고통과 잘 어울렸다.

또 다른 성화 속 예수의 표정은 평온했다. 가시 면류관을 쓴 채 머리 뒤에 후광이 빛났다. 나는 고통만을 보여주는 성화보다 고뇌를 보여주는 성화에 이끌렸다.

못 박힌 예수의 팔은 시옷 자로 늘어지고, 머리 무게 때문에 고개를 숙이고 있었다. 푸른빛이 도는 성화를 그린 화가의 이름을 찾고 싶었지만 끝내 찾을 수 없었다. 어쩌면 내 기억이 왜곡되고 뒤섞여 처음 봤던 성화를 영영 찾지 못할지도 모른다.

우연히 본 그 성화는 놀라웠다. 대천사 가브리엘이 금발의 서양인이 아니라 동양인이었다. 게다가 전래동화에 나올 것 같은 선녀의 날개옷을 입고 있었다. 아니, 선녀라기보

다 무녀처럼 보였다. 선녀는 당초무늬 구름을 타고서, 마리
아에게 손짓으로 뭐라 뭐라 말하는 모양새였다.

댕기머리를 땋은 마리아는 두 손을 가슴에 포개고 고개
를 앞으로 살짝 기울여 선녀의 말을 들었다. 곧 성령으로
예수를 잉태하여 성모가 되리라는 전언을 듣는 것이리라.
마리아 앞에는 잣다 만 물레가 그려졌다.

기이하고 생경했다. 이후의 연작에서는 예수의 생애가
그려졌는데, 예수가 갓을 쓰고 도포를 입고 있었다. 최후의
만찬에 참석한 제자들도 한결같이 갓을 쓴 조선시대 유생
과 같았다. 예수가 유복한 양반처럼 보였다. 화평했고 그늘
이 없었다. 당시 전쟁통이었던 한국의 현실과 다르게 그려
낸 것은, 무참한 현실을 견디기 위한 화가의 미학적 저항이
었을까.

나중에야 그 성화를 그린 화가가 운보 김기창이었고, 그
작품은 선교사의 권유로 그려진 〈수태고지〉란 걸 알게 되었
다. 내가 봤던 성화는 그가 전쟁통에 군산으로 피난을 가서
그린 〈예수의 생애〉 연작이라는 것. 그 시기에 그는 2년간
29점을 그렸고, 〈부활〉이라는 작품을 추가해서 30점의 〈예
수의 생애〉 연작을 완성했다는 것도 추가로 알 수 있었다.

성화는 이국에 대한 동경을 충족시켜 주는 한편, 내 안의 가학과 피학성을 일깨웠다. 성화를 볼 때마다 금기를 범한 것 같은 가책이 일었다. 성화를 보며 거룩함을 읽기보다, 고통을 관음하고자 하는 욕망이 생겼다.

기독교 미술은 쉴 새 없이 예수를 호출했다. 예수의 손바닥에 못을 박고 다시 십자가에서 내렸다가 찬양하고 위무했다. 차라리 신이 더 이상 쪼갤 수 없는 미립자, 혹은 파동처럼 형상이 없다면 좋겠다고 생각했다. 신을 굳이 인간의 모양으로 조각하여 육안으로 확인하려 드는 것도, 구체를 향한 인간의 욕망 때문 아닐까.

인간을 닮은 신의 형상은 오히려 나의 상상을 배신하는 결과였다. 그때 나는 심한 가책에 시달렸다. 입으로는 하나님을 믿는다고 말하면서도, 속으로는 가차 없는 의심으로 신성을 모독했다. 내가 과연 하나님의 백성일까. 어쩌면 나는 구원받지 못할 이교도, 예수를 심문했던 빌라도였는지도 모른다.

꼭대기집 할머니, 이 여인을 긍휼히 여기소서

새벽기도 가는 길은 춥고 졸렸다. 찬 공기를 마시자 서서히 정신이 맑아졌다. 방앗간을 지나 교회로 가려면 작은 다리를 건너야 했다. 다리 아래로 개천이 흘렀다.

다리를 건너려는데, 작게 신음소리가 들렸다. 비탈에 검은 형체가 누워 있었다. 퍼뜩 무서웠다. 자세히 보니 꼭대기집 할머니였다. 눈이 어두워서 발을 헛디딘 모양이었다.

사람들은 그를 '꼭대기집 할머니'라 불렀다. 골목의 맨 끝 집. 꼭대기집에 사는 할머니는 열쇠가 필요 없는 집에 살았다. 담장이나 대문이 없어서 굳이 들여다보지 않아도 안이 훤히 보이는 집. 곧 무너질 듯 지붕이 비스듬히 기울고, 기와가 이 빠진 듯이 군데군데 빈 집.

또 하나님의 나의 신앙심을 시험하고자 의심 많은 제자를 단련하려는 것인가. 그러자 할머니가 예수님처럼 보였다. 성화 속의 예수님이 할머니로 변장하여 내 앞에 나타난 것 같았다.

할머니의 팔을 어깨에 올려 부축했다. 언젠가 생물 시간에 새들은 뼛속이 비어서 하늘을 날 수 있다고 배운 적이 있다. 할머니도 뼛속이 비었는가. 졸아든 듯이 마른 몸이 짚단처럼 가벼웠다. 할머니는 작은 사람이었다. 키가 내 눈썹까지밖에 닿지 않았다. 할머니가 히익, 하고 배에 힘을 주면서 풀섶 아래를 가리켰다.

할머니가 가리킨 곳에 성경책이 널브러져 있었다. 성경책을 주워 탁탁, 물기를 털었다. 잠자리 날개처럼 얇은 낱장이 이슬에 젖어 회색으로 번졌다. 가름끈을 바로 끼웠다. 할머니를 다시 부축했다. 할머니는 다리를 조금 절었다. 아무래도 발목을 삔 것 같다고 했다.

집까지 부축해서 할머니를 마루에 앉혔다. 그냥 가려고 했는데 할머니가 잠깐 기다려보라며 방에서 뭘 내왔다. 곶감이었다. 표면에 허옇게 당분이 묻어 있었다. 별로 먹고 싶지 않았지만, 나는 마당에 누렇게 시든 풀을 보며 곶감을 한 입 베어 물었다.

아들이 둘이라고 들었는데 직접 본 적은 없었다. 못으로 박은 벽에 액자가 걸려 있었는데, 흰색으로 '회갑연'이라고 적혀 있었다. 사진 가장자리에 쥐 오줌처럼 누런 얼룩이 졌다. 할머니는 틀니를 하지 않아서, 실로 묶은 유부주머니처럼 입가 주름이 자글자글했다.

할머니가 헌금할 때는 잘랑, 동전 소리가 났다. 지폐를 냈다면 소리가 나지 않았을 것이다. 할머니가 봉헌하는 동작은 느렸지만, 성심을 다했다. 천국이 있다면 천사들이 할머니를 꼭 데려가기를.

하나님께서 할머니를 시험에 들게 하지 마시고 천국으로 인도했으면 좋겠다고 생각했다. 그 높고 빛나는 곳에 할머니를 위한 천국의 방석이 있으리라.

나는 꼭대기집에서 나와 집으로 바로 갔다. 이미 새벽예배가 끝났을 시각이었다.

종지기, 한 씨

그의 성은 한씨였다. 하지만 마을 사람들은 그를 반푼이라고 불렀다. 그가 성경책을 옆구리에 끼고 가면, 동네 아저씨들은 잇새에 담배를 끼고 "반푼이 행차 나가시냐"고 물었다. 누가 무엇을 물어보든 한 씨는 충직하고 미련한 하인처럼 소상히 대답했다. A라는 답변에 도달하기 위해 a-1과 a-2, a-3을 빙 돌아 왔다.

그는 아무 집 대문이나 휘딱 열고 들어섰다. 오지랖이 넓고 호기심이 많아 참견하길 좋아했다. 그가 아침에 대문을 열고 들어오면 어른들은 하루의 재수를 점치는 듯 쯧, 하고 언짢은 기색을 감추지 않거나, 성가신 파리라도 쫓는 듯이 빨리 나가라고 손을 휘휘 저었다.

그는 "예수 믿으라"고 전도를 하고 다녔는데, 늘 입가에 허연 거품이 밀가루처럼 말라붙어 있었다. 좀체 화를 내는 걸 본 적이 없었고, 지나치게 넉살이 좋았다. 키가 작았고 기역자로 팔을 벌려 겅중겅중 걸었다. 마루에 앉아 있으면, 담장 너머로 자맥질하듯 그의 정수리가 보였다 사라지곤 했다.

한 씨는 종지기였으므로 매일 교회를 갔다. 교회는 지면이 옴폭 팬 응달에 있었기 때문에, 장마 때 흙 마당에 물웅덩이가 괴고, 회벽에 곰팡이가 거뭇거뭇 피었다. 그는 빼먹지 않고 새벽 예배를 다녔다.

한 씨를 보면 자연스레 노트르담의 꼽추가 떠올랐다. 그 시절 나의 독후 감상은 학교에서 바라는 모범 답안과 영 동떨어진 것이었다. 소설이라는 설정의 고약함, 빅토르 위고의 무정함에 대해 생각했다.

꼽추에게 '반만 인간'이라는 뜻의 '콰지모도'란 이름을 붙인 것도 모자라, 파리에서 가장 못생긴 사람을 뽑아 '바보 왕'을 뽑는 축제에 보내다니. 거기서 '바보'로 변장하지 않은 콰지모도가 '바보 왕'이 되는 설정도 비정하기 짝이 없었다.

미추美醜를 느끼는 것은 '이해'보다 '반응'에 가까운 것일까. 추한 '콰지모도'와 아름다운 '에스메랄다'의 병치가 미추를 역설적으로 대비시킨다고 생각했다.

저주받는 곳에서 축복하는 것은 비인간적*이다. 콰지모도의 얼굴을 그 어느 인간이 축복할 수 있을까. 신은 저주받은 인간이 아니므로 그토록 많은 축복을 내릴 수 있는 게 아닐까.

어른들은 보이지 않는 것이 귀한 거라고 말했지만, 대개는 보이는 것을 쉽게 믿었다. 목사님도 보이지 않는 것을 믿는 것이 진짜 믿음이라 했다. 그러나 눈에 보이는 것이야말로 눈에 보이지 않는 많은 것의 증거였다.

가장 많은 헌금을 낸 장로의 눈치를 살피던 젊은 목사님

*   『선악의 저편.도덕의 계보』, 니체, 김정현 옮김, 책세상, 2002, p. 133

만 봐도 그랬다. 장로는 교회의 터줏대감처럼 굴었다. 새로 짓는 교회의 머릿돌 옆에는 목사님의 이름 대신 장로의 이름이 새겨질 것이다. 사람들은 왜 자꾸만 돌에 이름을 새길까.

종탑은 시멘트로 쌓은 단 위에 세워졌으므로 제법 높았다. 한 씨가 밧줄을 잡아 당겼다. 밧줄을 잡아당기자 휠에 감긴 밧줄이 풀렸다. 밧줄을 쥔 한 씨의 몸도 끌려 올라가 까치발이 되었다. 윗도리가 같이 올라가 배꼽이 보였다. 그는 줄에 딸려 올라간 난쟁이처럼 보였다.

성화 속에서 무수히 봤던 교회를 떠올렸다. 아치형의 천장과 스테인드글라스에 반사되는 빛, 목조 장식물과 커다란 파이프오르간이 있는 본당. 교단의 중앙에서 한 씨는 밧줄을 잡은 채 하늘로 올라간다. 휴거의 한 장면처럼, 황금빛이 터진 하늘로.

종의 추가 좌우로 부딪혔다. 종 바로 아래서 들으니 소리가 너무 컸다. 손가락으로 귀를 막아도 얼얼했다. 종탑 아래에서 들으면 깽, 광, 깽, 광 들리던 것이, 멀리 떨어져서 들으면 기역이 탈락하여 갱, 광, 갱, 광으로 들렸다.

아버지의 광시곡

아버지는 내가 교회 다니는 것을 못마땅하게 여겼다. 옆집 아저씨가 내가 교회에 열심인 걸 보고는 "막내 딸내미가 예수쟁이 다 됐다"라고 아버지에게 농을 던진 게 화근이 되었을 것이다. 아버지는 한 번만 더 예배당에 나가면 쫓아가서 난리를 치겠다고 으름장을 놨다.

또 시작인가. 나의 믿음이 "미지근하여 뜨겁지도 아니하고 차지도 아니하니"(요한계시록 3:16) 하나님이 나를 재차 시험에 들게 하는구나.

저녁 예배를 마치고 집에 도착하자 아버지가 먼저 나를 기다리고 있었다. 아버지는 나를 보자마자 어깨에 멘 기타를 낚아채 내동댕이쳤다. 그리고 성경책을 불살라 버리겠다며 빼앗았다. 몇 달치 용돈을 아껴 산 것이었다.

아버지의 목소리는 크레셴도였고 결코 줄어드는 법이 없었다. 목에 핏대가 지렁이처럼 불거졌다. 하나님, 부디 아버지를 악령으로부터 구원하소서.

언젠가 음악 교과서에서 마왕이 그려진 삽화를 본 적이 있다. 괴테의 시를 읽고 슈베르트가 곡을 썼다는 〈마왕〉. 아픈 아들을 말에 태우고 가는 아버지 뒤에 검은 망토를 두른 마왕이 따라온다. 아파서 자꾸만 헛것이 보이는 아들은 아버지에게 묻는다.

- 아버지, 마왕이 보이지 않으세요?

  망토를 두르고 왕관을 쓴 마왕이요.

- 아들아, 그건 그저 얇게 퍼져 있는 안개란다.

- 아버지, 나의 아버지. 저 소리가 들리지 않으세요?

  마왕이 내게 조용히 속삭이는 소리가!

- 진정하거라, 아가야. 걱정 말아라.

  단지 마른 잎이 바람에 흔들리는 소리란다.

마왕

- 사랑스런 아이야. 나와 함께 가자!

  함께 재미있는 놀이를 하자꾸나!

  모래사장에는 알록달록한 꽃이 피어 있고

  나의 어머니는 금빛 옷을 많이 가지고 있단다.

목소리가 밤하늘을 가른다. 구름 속에서 시시각각 목소리가 변한다. 여자였다가, 중성이었다가, 할머니였다가 합창하는 여럿의 목소리로 울린다. 인간을 회유하고 희롱하는 바람. 나무뿌리를 뽑아버리고, 종탑을 분지르고, 파도를 우우 일어서게 하는 바람. 비바체, 비바체! 셋잇단음표로 세차게, 거세게 내리는 비! 수천 개, 아니 수만 개 빗방울의 왕관이 터진다.

아버지는 내가 예수에 미쳤다고 믿었고, 나는 아버지가 악령에 씌었다고 믿었다. 우리의 믿음은 서로 달랐다. 각자 믿음을 확신했으므로 진심으로 싸웠다.

아버지가 화가 난 날은 늦게까지 피아노를 쳤다. 집에 들어가면 아버지가 피유, 하고 얕게 코를 골며 잠들어 있었다. 나는 무용수처럼 뒤꿈치를 들고 걸었다. 연애 같은 신앙이었다. 아버지가 반대할수록 맹렬해지고, 신이 나를 찾으면 이내 시들해지고 마는.

God Help the Outcasts

정은이네 교회에서 1박 2일로 부흥회를 한다고 해서 부여로 갔다. 정은이는 학생부 회장직을 맡고 있었다. 정은이가 집에 들러 가져갈 게 있다고 해서 으레 제 집으로 데려갈 줄 알았는데, 곁눈질을 하더니 여기서 잠깐만 기다리라고 했다.

길가 옆에 두엄 더미와 채마밭이 있었다. 웅덩이에 흙탕물이 고여 있었다. 교복을 입은 맨 종아리에 오소소 소름이 돋았다. 정은이는 혼자서 오르막을 올라갔다. 오르막 끝에 볼품없는 감나무와 비닐하우스가 한 동 있었다.

물웅덩이를 보다가, 멀리 황량한 들판을 보았다. 추수가 끝난 들판에 불을 놓았는지 희미하게 탄내가 났다. 해가 이울고, 조릿대가 스긋스긋 흔들렸다. 이발소에서 보았던 밀레의 〈만종〉과 같은 저녁 어스름이었다. 땅거미가 오기 전 화평한 들녘. 잘 마른 짚단 냄새가 나는 저녁의 냄새. 먼지 냄새.

〈만종*L'Angelus*〉
1857~1859, 캔버스에 유채, 55.5×66cm, 오르세 미술관

"에라이, 좆 같은 년아! 나가 뒈져. 뒈지라고! 지랄 염병! 니 애미는 뒈졌든? 씨팔 것들이 지 애비 알기를 우습게 알어. 어? 나가! 나가아!"

비닐하우스 안에서 느닷없이 욕설이 튀어나왔다. 정은이가 고개를 숙이고 비닐하우스 밖에 서 있었다. 살림을 내동댕이치는 소리가 났다. 나는 내리막으로 걸어가 고함이 잘 들리지 않을 즈음에서 멈췄다. 몇 분 지나서 정은이가 터벅터벅 비탈을 내려왔다. 눈가가 붉게 부어 있었다. 가뜩이나 작은 눈이 부어서 더 작아 보였다.

"알코올중독이야. 맨날 저래….".

정은이가 변명하듯 말했다.

그때까지 내가 보았던 풍경은 〈만종〉의 밑그림이 드러나기 전의 풍경이었다. 부흥회에 간다는 설렘으로 약간 흥분했었고, 해 질 무렵 들녘은 평온해 보였다.

추수가 끝난 들판에 농부 둘이 서 있다. 남자는 경배하듯 모자를 벗어 고개를 숙였고, 여자는 기도하는 자세로 손깍지를 껴서 가슴 앞에 공손히 모은다. 그들의 옆에 쇠스랑과 수레가 있고, 멀리 교회의 종소리가 들릴 듯 목가적인 풍경이 펼쳐졌다.

정은이 아버지의 욕설을 들은 뒤 풍경은 다르게 덧칠되었다. 마치 X선으로 드러난 진짜 〈만종〉처럼.* 은박으로 가려진 삶의 비밀을 동전으로 살살 벗겨내자 드러나는 것만 같았다.

고개 숙인 채 서 있던 정은이의 모습이 떠올라 자꾸만 마음이 시무룩해졌다. 주전자, 밥그릇. 고장 난 시계. 집안에 있어야 할 것들이 집 밖에 나와 있던 정은이네 집이 떠올랐다. 아니, 비닐하우스가. 나는 딴청 피우듯 화제를 돌렸다.

"부흥회 때 대학생들 와?"

"어, 예전에 회장이었던 오빠가 서울에서 신학대학을 다니거든. 그 오빠가 와."

회장 오빠는 피부가 희고 입술이 붉었다. 얼굴이 둥글넓적하고 손마디가 짧고 뭉툭했던 시골의 남자애들과 달랐다. 그는 자신에게 쏠리는 노골적인 호기심을 모른 척했다.

---

* 1932년, 〈만종〉을 관람하던 정신이상자가 칼로 그림을 찢는 사고가 있었다. 복원 과정에서 만종을 X선으로 촬영한 결과, 감자 바구니로 칠한 부분에 어린아이의 관처럼 보이는 나무 상자가 밑그림으로 그려진 사실이 밝혀졌다.

타인의 시선에 익숙한 태도였다.

"저 오빠는 검정색 옷만 입어."

정은이가 내게 귀띔했다. 나는 그가 검박하고 진지한 사도의 이미지를 연출하고 싶어 한다고 생각했다. 사람들은 이미지에 깜빡 속기 쉽고, 정도껏 눈감아 주기도 하니까. 검정색 상하의는 가뜩이나 붉은 그의 입술을 도드라지게 했다. 그는 미소년처럼 예뻤다. 묵상 시간에 나는 회장에게 질문했다.

"하나님이 무에서 악을 창조하신 거면, 악도 하나님에게서 나온 거예요?"

"하나님은 사람을 통해 역사하는 것이지, 악 그 자체는 아니야."

"악인은 하나님이 창조하신 게 아니에요?"

"창세기를 다시 읽어보겠니? 인간의 마음으로는 하나님의 큰 뜻을 알지 못해."

그의 얼굴에 노여움이 슬쩍 일었다. 대다수의 '교회 오빠'들은 잘 모르겠다는 표정을 지으면 기꺼이 선생이 되었다. 자신이 얼마나 성경에 박식하고 신앙심이 깊은 예수의 제자인지 증명하고 싶어 했다. 스스로의 의구심을 잠재우

려는 듯 성경 구절을 인용하면서 했던 말을 하고 또 했다. 지루했다.

사모님과 집사님이 부산을 떨며 서울에서 온 대학생들을 맞이했다. 배추쌈과 수육 등을 내왔다. 자꾸만 날벌레가 날아들었다. 서울의 목사는 고향 생각이 난다며 달게 밥그릇을 비웠다. 대학생 몇은 나물 반찬을 뒤적거리며 먹는 둥 마는 둥 하며 숟가락을 내려놨다.

"시골이라 벌레가 많아요." 밥그릇에 날아드는 날벌레를 쫓으며, 제 잘못인 양 집사님이 얼굴을 붉혔다. 가스불 앞에서 음식을 만드느라 집사의 콧등에 땀방울이 방글방글 맺혔던 게 떠올랐다.

"주여, 이웃을 내 몸처럼 사랑하게 하시고 우리를 악으로부터 구원하소서. 우리 주 예수 그리스도의 이름으로 기도합니다. 아멘."

부흥회 마지막 날, 신도들의 기도 소리가 점점 커졌다. 옆에 앉은 정은이 눈에서 눈물방울이 투둑, 떨어졌다. 정은이는 기도를 한다기보다 비는 것 같았다.

개인의 신앙심이 신실하면 추앙받지만, 집단이 신앙심을 가질 때는 왜 광기로 보일까. 신도들은 울며, 두 손을 높이 들며, 방언을 했다. 눈물을 흘리며 상체를 좌우로 흔들며, 바닥을 치며 엎드려 기도했다.

좀체 기도에 집중할 수 없었다. 아무래도 이웃을 내 몸만큼 사랑할 수는 없을 것 같았다. 정은이 아버지를 내 몸만큼 사랑할 수 있을까. 신의 사랑은 너무 높은 곳에 있었고 뜻을 헤아릴 수 없었다. 기도에 응답받으려면 더 절박하게 신을 찾아야 했다. 은혜를 베풀어 달라고, 다른 사람보다 더 큰 목소리로 회개해야만 할 것 같았다.

부흥회가 끝나자 신학대 학생들은 기타를 메고 서울로 떠났다. 휴가가 끝나면 구로의 모피공장으로 떠났던 친언니들처럼, 그들도 서울로 떠났다. 대학생 언니 오빠들은 잘 웃었고 은혜로 충만했다. 저들의 근심은 하나님이 대신 가져간 듯이 표정이 풍부하고 밝았다. 그들은 입은 옷도 달랐다. 학교 로고가 새겨진 맨투맨을 입었고, 공장으로 간 언니들은 팔 토시를 끼고 쥐색 작업복을 입었다.

대학생들은 떠나기 전에 하나님의 말씀이 너희를 구원할 거라고 말했다. 겨자씨만 한 믿음만 있다면. 이상했다. 호박 쌈을 먹으면서도 그게 호박잎인 줄 모르면서, 겨자씨를 알까. 그들의 믿음은 삶 속에 없었다. 비유 속에 있었다.

무슨 이유로 정은이와 대천까지 갔는지는 기억이 나지 않는다. 여러 번 버스를 갈아타고 바다를 보러 갔다. 거기서 조용히 늙어가는 것을 봤다. 녹슨 드럼통과 마모된 조개껍데기 따위를.

수치심과 자책에 시달렸던 나와 달리 정은이는 완고했다. 정은이는 하나님을 부정하느니 스스로 뺨을 때리는 아이였다. 그 애의 독실함이 부러웠다. 예수를 배신한 유다가 나라면, 고래 뱃속에서도 기도하는 요나는 정은이였다. 얼마나 혹독한 시련이 정은이의 신앙심을 연마하도록 만든 걸까.

"배고프다."

"나도."

"춥다."

"집에 갈까."

바위 근처에서 아주머니가 굴을 팔고 있었다. 직접 딴 굴에 초고추장을 짜서 팔았다. 굴이나 달팽이는 수컷도 될 수 있고 암컷도 될 수 있다. 성性을 바꿀 수 있다니. 어쩌면 이들이야말로 작은 신인지도 모른다. 도처에 숨은 작은 신.

패각이 있어서 굴은 살을 보호하고 몸을 숨길 수 있다. 인간도 패각이 있거나 성을 바꿀 수 있다면 좋을 텐데. 인간의 살은 패각이 없어서 지나치게 노출되었다. 손톱과 발톱은 원래 인간의 패각이었는데 점점 작아져서, 그저 조그마한 흔적으로 남은 것인가.

바닷가에 스티로폼 조각이 둥둥 떠 있었다. 스티로폼 조각은 파도를 타고 떠날 듯이 둥실거리다 떠나지 못하고 맴돌았다. 정은이와 나는 이어폰을 한 쪽씩 끼고 노래를 들었다.

주여, 버림받은 자들을 도와주소서

(God help the outcasts)

태어날 때부터 굶주린 이들에게

(Hungry from birth)

이 땅 위에서 찾을 수 없는 자비를 보여주소서

(Show them the mercy they don't find on Earth)

- God Help the Outcasts, 〈노트르담의 꼽추〉(1996) 사운드트랙

이현호 × 최북

생활과 영혼 그리고 영원

✦

_____ **이현호**

1983년 충남 전의에서 태어났다. 시집 『라이터 좀 빌립시다』, 『아름다웠던 사람의 이름은 혼자』, 『비물질』과 산문집 『방밖에 없는 사람, 방 밖에 없는 사람』을 펴냈다. 미술은 잘 모르지만, 우리가 가꾸고, 꾸미고, 가다듬고, 매만지고, 손질하고, 보살피는 모든 데 미술이 있다고 생각한다. 미술 작품이란 저 손길들이 한곳에 오래 머물다 간 자리가 아닐까.

_____ **최북**(崔北, 1712~1786?)

조선 후기 중인 출신의 화가. 당대에 드물게 조선을 떠나 일본과 만주를 여행했다고 알려져 있다. 평양과 동래를 오가며 그림을 팔아 생계를 해결했으며, 뛰어난 그림 실력으로 당대 조선에서 널리 인정받았다. 현재 남아 있는 그의 작품들에는 인물, 화조, 초충 등도 포함되어 있으나 대부분이 산수화이다.

눈보라가 몰아치는 겨울밤. 멀찍이 깎아지른 듯이 세가 험한 산이 보인다. 산꼭대기에 피뢰침처럼 솟은 겨울나무들이 살풍경하다. 근경으로 시선을 돌리면, 눈 덮인 산 아래 앙상한 나무들과 사립문에 둘러싸인 초가집 한 채가 웅크리고 있다. 온몸으로 세찬 바람에 맞서는 나무들은 가지가 있는 대로 휘어져 당장이라도 뿌리째 뽑혀 나갈 듯싶다. 사립문 밖에는 지나가는 길손을 향해 짖는 검둥개 한 마리. 그들을 경계하여 쫓는 것일까, 날이 더 험해지기 전에 어서 가라고 걸음을 재촉하는 것일까.

모자를 눌러쓰고 지팡이를 짚은 나그네와 시동으로 보이는 어린아이는 검둥개에 아랑곳없이 제 갈 길을 가고 있다. 여정이 고단해서인지, 눈바람을 헤치느라 그런 것인지

나그네의 몸은 구부정하니 살짝 앞으로 기울었다. 누가 툭 치면 그만 고꾸라질 듯하다. 다행히 그림자처럼 나그네를 뒤따르는 아이에게는 생기가 느껴진다. 그림 전체를 보면, 아이는 인간을 위압하는 거대한 자연을 머리에 이고 있는 것 같다. 만약 나그네 혼자였다면 이 겨울밤의 산행은 견딜 수 없이 위태롭고 쓸쓸했을 테다.

두 사람은 눈과 바람이 몰려 닥치는 겨울밤의 산길을 걸어 어디로 가는가. 목적지야 알 길 없지만, 앞을 가로막고 있는 계곡물을 보면 남은 여정도 그리 순탄치는 않을 성싶다. 이 황량하고 을씨년스러운 풍경의 이름은 '풍설야귀인', 즉 '눈보라 치는 밤에 돌아오는 사람'이다. 산 위로 펼쳐진 하늘에 '風雪夜歸人'이라는 다섯 글자를 내리썼다. 구도상 그림의 무게중심이 왼쪽 아래에 쏠려 있기에 균형을 맞추느라고 대척점인 오른쪽 위 여백에 화제畵題를 적었을 테다. 화제의 마지막 글자인 '사람 인人' 자 왼쪽으로는 붉은 인장 하나가 흐릿하다. 자세히 보면 '毫生館(호생관)'이라고 쓰여 있다.

호생관 최북. 그는 영조, 정조 시대를 풍미한 화가다. 당대에 뛰어난 화사畵師이자 기인奇人, 미치광이[狂生], 주객酒客

〈풍설야귀인風雪夜歸人〉
종이에 담채, 66.3×42.9cm, 개인 소장

으로서 사람들 입에 오르내렸다. '호생관'은 그가 말년에 스스로 지은 호號로서 말 그대로 '붓[毫]으로 먹고사는[生] 사람'이라는 뜻이다. 요즘 말로 하면 전업 화가나 직업 화가다. 붓으로 먹고산다니, 저렇게 말할 수 있는 당당함이 근사하다. 예나 지금이나 전업 작가로 사는 일의 고달픔은 매한가지일 테니까. 그러고 보니, '붓'은 글씨를 쓰는 도구를 통틀어 이르는 말이기도 하다. 문필가에게도 저 호생관이라는 별호는 안성맞춤인 셈이다. 환쟁이든 글쟁이든 붓 한 자루에 의지해 살아가는 이는 모두 호생관이다.

나는 최북을 언제 어떻게 알게 되었을까. 떠오르는 최초의 기억은 그의 그림을 보러 간송미술관에 간 일이다. 기억 속의 나는 대학생 같기도 하고, 대학을 졸업한 지 한두 해가 지난 것 같기도 하다. 미술관에서는 가지와 무를 그린 〈소채도蔬菜圖〉, 메추라기 그림 몇 점, 토끼를 노리는 매를 그린 작품 등을 보았던 듯한데 이도 확실하지는 않다. 너무 오래전 일이라 나중에 도록에서 본 그림을 그때 본 것으로 착각하고 있을 수도 있다. 다만 날이 화창했고, 가는 길에 더워서 땀을 많이 흘렸으며, 토끼를 노려보는 매의 눈빛에 사로잡혀 눈싸움하듯이 그 눈동자를 한참 들여다보았던 기억은 그나마 또렷하다. 이 어렴풋한 것도 기억이라고 할 수 있을지 모르겠지만.

나는 기억력이 형편없다. 무엇 하나 똑바로 기억하지 못한다. 심지어 숨이 끊어질 만큼 아팠던 이별의 순간들도 지금은 잘 기억나지 않는다. 상황, 장소, 상대의 모습, 주고받았던 대화 등 중요한 사실 대부분이 어렴풋하다. 비유컨대 욕조에 가득 담아놓은 물이 기억이라면, 내 기억은 수챗구멍으로 물이 모두 빠져나간 뒤에 남은 약간의 물기 같은 것. 오래된 기억의 서랍을 열면 그 안은 대체로 텅 비어 있다. 그날, 그곳, 그때를 되새길 만한 증표라고는 그 흔한 사진 한 장조차 없기 일쑤다.

좀 이상한 말이지만, 나는 추억하는 것이 아니라 추억을 느낀다. 내게 추억은 언어나 심상이 아니라 한 덩어리의 느낌으로 되새겨진다. 기억의 서랍을 열면 당시에 나를 둘러쌌던 분위기, 공간의 온도, 감정의 출렁임, 나와 상대방 사이에 흘렀던 기류 따위가 뒤엉킨 기운이 마음에 훅 끼친다. 보이지 않지만, 무엇이든 담을 수 있고 또 느낄 수 있는, 때로는 체온처럼 분명한 눈빛 같은 것이랄까.

최북이라는 이름표가 붙은 기억의 서랍도 마찬가지다.

그 안에는 물에 번져서 윤곽조차 희미한 묵화 한 점이 있을 뿐이다. 인제는 그림이 아니라 얼룩에 불과한 그것을 보면, 고슴도치 가시처럼 마음을 꼭꼭 찌르는 첨예한 감각과 시퍼렇게 날이 선 칼날 같은 서늘함이 느껴진다. 이것은 그 시절 내가 최북에게 가졌던 인상이면서, 그 무렵 그에 얽힌 기억의 총화일 테다.

그즈음 나는 호생관을 꿈꾸던 이십 대였다. 돼지 눈에는 돼지만 보이고, 부처 눈에는 부처만 보인다고. 오기와 객기와 치기로 가득했던 내 눈에 비친 최북은 오만하고 자만하고 방약무인한 인간이었다. 나는 오히려 그런 최북의 모습에 환호했고, 또 안타까워했다. 그를 동경했고, 그를 닮고 싶어 했다. 내가 토끼를 사냥하는 매의 눈빛에 매료된 것도 그래서다. 위풍당당한 매의 몸짓에서도 그랬지만, 나는 특히 토끼를 쏘아보는 매의 형형한 눈빛에서 결의, 집요함, 결기, 고집, 자신감 따위를 느꼈다. 그것들은 그때 내가 믿었던 예술가의 덕목이었고, 내가 기르고 싶던 자질이었다.

최북에 관한 최초의 기억은 간송미술관에 갔던 일이지만, 그때 그를 처음 알게 된 것은 아니다. 나는 최북의 그림을 보려고 부러 그곳을 찾았었기 때문이다. 그렇다면 나는

〈호취응토豪鷲凝兎〉
종이에 담채, 38.3×32.1cm, 국립중앙박물관

애초에 최북을 어떻게 만났을까. 책장에서 미술과 관련된 책들을 꺼내며 살펴보니 유홍준 선생이 지은 『화인열전 2』에 그 이름이 나온다. 이 책의 초판 발행일은 2001년이고, 내가 가진 것은 증쇄를 거듭한 2005년 판. 딱 내가 대학교에 다니던 때다. 여기서 최북을 접하고 좋아하다가 미술관까지 찾아갔다면 얼추 시기가 들어맞는다.

두 권으로 된 『화인열전』은 조선 시대 화가들의 전기를 묶은 책이다. 1권의 부제는 '내 비록 환쟁이라 불릴지라도'이고, 최북이 등장하는 2권의 부제는 '고독의 나날 속에도 붓을 놓지 않고'이다. 아마 나는 이 부제에 끌려 책을 집어 들었을 테다. 그래, 예술가라면 모름지기 고독을 유일한 친구로 삼고, 고독을 지병처럼 앓아야지. 고독함이야말로 예술가의 숙명이자 사명이니까. 이제 와 내 입으로 뱉자니 얼굴이 벌겋게 달아오르는 말이지만, 당시의 나라면 『화인열전 2』의 부제를 보며 속으로 이렇게 맞장구를 쳤을 만하다.

과거의 내가 아무렇지 않게 저질렀던 일이 오늘 내 몫의 부끄러움으로 돌아오는 일이 있다. 시쳇말로 '흑역사'랄까. 그런 시절이 있어 지금의 내가 있으니 과거를 부정할 마음은 없다. 부인한다고 지울 수 있는 것도 아니니까. 부끄럽기 짝이 없어도 이 부끄러움이 나를 더 나은 사람으로 만들 거라고 믿으며 실컷 부끄러워할 밖에는. 현재는 과거라는 발판을 딛고 서 있다. 그 발판이 허술하고 남루하다고 외면하면 미래까지 갈 것도 없이 당장 현실이 허물어지고 만다. 그러지 않으려면 반성해야 하고, 반성은 그것을 직시하는 데서 비롯한다. 하여 나는 다시 이십 대의 나를 마주 본다.

본격적으로 시를 공부한 이십 대 초중반 무렵. 나는 시인이 되려는 열망에 사로잡힌 예술지상주의자였다. 흡족한 시 한 편을 쓸 수 있다면, 시인이 될 수만 있다면, 내 이름으로 된 시집 한 권을 가질 수 있다면, 악마에게 영혼이라도 팔 수 있었다. 예술에 비하면 부와 명예 같은 세속적인 가치는 한없이 보잘것없었다. 인생은 짧고 예술은 기니까. 그 영원한 예술 앞에서는 인간이 이룩할 수 있는 다른 어떤 것도 하찮았다. 나는 예술의 성취를 위해서라면 가난도 고독도 기꺼이 받아들여야 한다고 믿었고, 내가 쓸 미래의 시를 위해서라면 인생쯤은 얼마든지 희생해도 좋다고 여겼다.

그때 나는 영원을 살고 싶었다. 생활 따위는 아무래도 상관없이.

건전하지 못한 상태가 병病이라면, 예술도 병이다. 나는 별다른 이유도 없이 세상에 적의를 품었다. 삐뚤어진 인정 욕구를 세상을 향한 비웃음과 조롱으로 드러냈다. 나 자신도 타인도 세상도 한낱 예술의 소잿거리쯤으로 취급했다. 예술에서 눈을 돌리는 것이 배교背教라도 된다는 듯 예술의 순교자를 자처했다. 예술을 멀리하는 것만으로도 내 영혼이 더러워지는 양 몸서리쳤다. 보고 싶은 것만을 보고 싶은 대로 보는 반편이. 아무것도 모르면서 다 안다고 착각하는 풋내기. 꿈만 꿀 줄 아는 무능력자. 그러면서 세상의 모든 슬픔을 흉내 내는 머저리. 그게 나였다.

그때 나는 내 영혼을 지키고 싶었다. 무엇이 영혼을 해치는지도 모르면서.

날카롭고 뾰족할수록 그 끝이 닿는 면적은 좁아지기 마련이다. 맹목적으로 시에 몰두할수록 나는 점점 편협하고 옹졸해졌다. 나는 눈을 가린 채 시인이라는 꿈의 트랙을 뱅글뱅글 돌기만 하는 절름발이 경주마였다. 등단이 세상 끝 결승점이라도 된다는 듯이, 시인이 되면 천하를 얻기라도 하는 양 굴었다. 허울만 좋은 자존심을 빼고 나면 시체나 다름없는 몹쓸 위인이었다. 이때였다. 생활은 엉망이고, 영혼은 어지럽고, 영원에만 눈멀었던 내가 최북을 처음 알게 된 것은.

최북의 자화상은 없지만, 후대에 초상화의 대가인 이한 철이 그린 〈최북 선생 상崔北先生像〉 한 점이 전해진다. 그 그림 속 최북은 한쪽 눈을 지그시 감고 있다. 문신이자 문장가였던 남공철이 지은 『금릉집金陵集』의 「최칠칠전崔七七傳」은 최북에 관한 여러 이야기를 전하는데, 거기에는 이런 대목이 있다. "최북은 눈이 하나 멀어서 늘 외눈 안경을 끼고 그림을 그렸다." 이외에 다른 기록에서도 최북은 한결같이 애꾸눈으로 묘사된다.

최북이 실명한 사연은 여항 문인인 조희룡이 지은 『호산외사壺山外史』의 「최북전崔北傳」에 실려 있다. 한 귀인이 최북에게 그림 한 점을 얻으려다가 뜻대로 되지 않자 그를 협박했는데, 이에 격분한 최북이 "남이 나를 저버리는 것이 아니라 내 눈이 나를 저버린다"라고 말하고는 스스로 한쪽 눈을 찔러버렸다는 것이다. 이 외에도 최북은 숱한 일화를 남겼다. 이 땅의 화가로서 그만큼 많은 일화를 남긴 이도 드물다. 그 일화들이 전하는 최북은 대단히 강퍅한 인물이다. 그중 몇 가지를 소개하자면 이렇다.

최북이 어느 날 금강산 구룡연에 들어가 경치를 구경하며 놀 때였다. 술에 잔뜩 취한 최북은 울다가 웃다가 하더니 이윽고 큰 소리로 "최북은 천하의 명인이니 마땅히 천하의 명산에서 죽겠노라"라고 외치고는 못에 몸을 던졌다. 마침 근방에 있던 사람들이 물속에 뛰어들어 그를 구했다. 사람들이 최북을 못 아래 반석 위에 올려놓자 그는 헐떡거리며 누워 있다가 갑자기 일어나서는 긴 휘파람을 불었다. 그러자 산속에 있던 새들이 놀라서 울며 모두 날아가 버렸다. 또 하루는 최북이 어느 집에서 높은 벼슬아치[達官]를 만났는데, 그가 최북을 가리키며 주인에게 "저 사람은 누구요?" 하고 물었다. 이에 최북은 얼굴을 치켜들고 벼슬아치를 쳐다보면서 이렇게 말했다. "먼저 묻노니 너는 누구냐?"

한 날은 어떤 정승이 최북에게 산수화를 그려달라고 부탁했다. 그런데 그림을 보니 산만 있고 물이 없었다. 이에 정승이 괴이하다고 힐난하니 최북은 붓을 던지고 벌떡 일어나며 "종이 밖은 모두 물이다"라고 한탄했다. 한편 최북은 스스로 흡족한 그림인데도 그림값을 적게 주면 불쑥 화를 내며 욕하고는 그 그림을 찢어버렸다. 반대로 그림이 변변찮은데도 값을 많이 쳐주면 껄껄 웃으며 돈을 돌려주어 그 사람을 돌려보내고는 "저 녀석은 그림값도 모른다"라며 손가락질했다.

앞의 두 일화에서는 최북의 마음속에 들어찬 답답함과 누구에게도 굽히지 않는 옹골찬 성깔이 느껴진다. 하기야 제 손으로 제 눈을 찌르는 사람이니 오죽할까. 최북은 중인 출신의 화가였다. 타고난 신분이 미천한 데다가 화가라는 직업도 환쟁이라는 천직賤職으로 괄시받았다. 아마도 최북이 품은 울분과 광포한 성미는 이러한 시대와의 불화에서 비롯했을 것이다. 최북이 평생 그림 그리기를 멈추지 않은 이유는 그것만이 각박한 현실을 잊을 방법이어서는 아니었을까. 그러나 뒤의 두 일화에서 보듯이 세상에는 그림을 제대로 볼 줄 아는 안목을 갖춘 사람도 흔치 않았다. 이것이 최북의 또 다른 비극이었을 테다.

어쨌거나 최북은 손에서 붓을 놓지 않았다. 그러면 생활도 영혼도 모두 무너질 테니까.

반편이, 풋내기, 무능력자, 머저리 시절에 나는 최북이 보여준 낭만주의적 예술가상에 도취했다. 최북 같은 호생관이 되고 싶었다. 지금은 무엇이든 망치기는 쉽지만, 지키기는 어렵다는 것을 안다. 그사이에 무슨 거창한 깨달음이 있었던 것은 아니다. 단지 그 시간만큼의 생활이 있었다. 생활은 영혼을 위해서라면 얼마든지 내팽개칠 수 있는 것이었으나, 정작 영혼은 생활을 먹고 자랐다. 영혼은 영원을 위해서라면 얼마든지 제물로 바칠 수 있는 것이었으나, 정작 영원은 영혼 속에 깃드는 것이었다. 나는 생활이 아니라 영원을 살고 싶었지만, 영원은 죽음 그다음의 일일 뿐.

내가 살아 숨 쉬는 곳은 영원이 아니라 생활이었다.

대학교를 졸업할 무렵 나는 그토록 원하던 시인이 되었다. '시인이 되다'니. 지금은 저 말이 참 이상하게 들린다. '시인'이라는 말은 그저 '시를 쓰는 사람'이라는 뜻이다. 시인이 되기 전에도 나는 시를 쓰고 있었다. 시를 쓰는 데 어떤 자격이나 권리가 필요할 리 없다. 그렇다면 내가 등단을 통해 얻은 것은 심사위원 몇 사람의 인정일 뿐이다. 물론 그 인정의 무게는 절대 가볍지 않다. 나 역시 거기에 미쳐 있었으니까. 그런데 한때 영혼을 팔아서라도 갖고 싶었던 그 이름이 요즘은 무거운 짐처럼 느껴진다. 지금 나는 오로지 시인이기보다는 시를 쓰기도 하는 생활인이고 싶다.

누군가가 나를 시인이라고 부를 때마다 겸연쩍다. 시를

생각하고, 시를 쓰는 시간이 너무 적어서다. 보통의 직업은 출퇴근하며, 하루 여덟 시간쯤 직무를 본다. 자는 시간을 빼면 깨어 있는 시간의 절반쯤을 일에 쏟는 셈이다. 그쯤은 되어야 이름 앞에 직함을 달 수 있는 것 아닐까. 평균적으로 시인들은 사오 년에 한 번꼴로 시집을 펴낸다. 시집 한 권에 들어가는 시는 오륙십 편 안팎. 한 달에 한 편을 쓴다고 하면 대충 계산이 맞아떨어진다. 그러나 대부분 시인은 훨씬 더 많은 시를 쓰고 그중에서 완성도 높은 작품을 추려서 시집 한 권을 묶는다. 나는 그 '훨씬 더 많은 시를 쓰는' 사람에 들지 못한다. 두세 달에 한 편이나 쓰면 제법 성실하게 보냈다고 말할 수준이다.

시인들이 출퇴근하며 정해진 시간 동안 시를 쓰는 시인들의 회사가 있다면, 나는 어찌어찌 입사했을지는 몰라도 얼마 못 가 잘렸을 것이다. 아직 붙어 있었어도 승진은 꿈도 못 꾸는 만년 사원이었을 테지. 시인이라는 이름이 참좋은 것이 한번 시인은 영원한 시인이다. 스스로 더는 시를 쓰지 않는 절필은 있을지언정 은퇴나 퇴직이 없다. 다른 직업은 자리에서 물러나고 나면 '전직'이란 말이 붙지만, 전직 시인이라는 말은 쓰지 않는다. 시인은 시를 쓰고 있지 않을 때도 시인으로 불린다. 그러나 시를 써야만, 시를 쓸 때만 시인은 정녕 시인이 아닌가. 오매불망 내 이름 앞에 시인이라는 말이 붙기를 바라던 시절의 간절함은 이제 사라졌다. 아주 완벽히 없어지지는 않았지만, 무언가 다 타고 남은 재나 연기 같은 것이 되었다. 한때 시는 내 전부였으나, 이제는 생활의 한 부분이 되었다.

시만이 소중했을 때 내 영혼은 위태로웠으나, 시 말고도 소중한 것이 있을 때 내 영혼은 안녕했다.

최북은 서울에서 그림을 파는데(崔北賣畵長安中)

오막살이집은 네 벽이 휑하네(生涯草屋四壁空)

종일 문을 닫고 산수를 그리는데(閉門終日畵山水)

유리 안경과 나무 필통뿐이네(琉璃眼鏡木筆筒)

아침에 한 폭 팔아 아침 끼니 때우고(朝賣一幅得朝飯)

저녁에 한 폭 팔아 저녁 끼니 때우네(暮賣一幅得暮飯)

이 시는 신광수가 최북의 그림 〈설강도雪江圖〉에 부친 《최북설강도가崔北雪江圖歌》의 앞부분이다. 전업 화가로 살았던 최북의 형편을 알 수 있는 작품이다. 「최칠칠전」에 따르면 실제로 최북은 살림이 궁해지자 마침내 나그네가 되어 평양, 동래 등지까지 돌아다니며 그림을 팔고 다녔다고 한다. 다행히 그의 그림은 인기가 좋아서 그림을 얻고자 비단을 가지고 온 사람들의 발길이 그치지 않았는데, 그는 이렇게 번 돈으로 매양 술만 퍼마셨다.

최북은 '주광화사酒狂畵師', 즉 술에 미친 화가라고 불리며 그에 얽힌 일화도 많이 낳았다. 역시나 대부분 광증에 가까운 기행으로 남을 깔보고 욕하거나, 술주정을 부린 이야기다. 요즘 같으면 알코올의존증 치료가 필요한 수준이다. 최북이 술을 끼고 산 것과 그림에 빠져 산 것은 같은 맥락일 테다. 어느 재상 댁 자제들이 최북의 그림을 보며 "우리는 도통 그림은 모르겠네"라고 말하자 최북이 발끈하여 "그림을 모르는데, 그러면 다른 것은 안다는 말이냐?"라고 쏘아붙였다는 일화를 보면, 중인 화가로서 받은 멸시에 보태어 그림을 모르는 사람들에게 그림을 팔아서 먹고살 수밖에 없었던 처지에서 오는 자괴감도 있었을 듯싶다.

최북은 당대 예림의 총수였던 강세황, 각기 최고로 꼽혔던 서예가 이광사, 시인 신광수, 실학자 이익 등 여러 명사와 교류했다. 최북이 그저 제 성질을 이기지 못하고 술만 퍼

먹는 미치광이였다면 그러한 인연이 있었을 리 없다. 실제로 그의 그림에는 주취酒臭가 느껴지는 것이 거의 없다. 하루에 대여섯 되의 술을 마셨다는데, 술을 창작의 도구로 삼지는 않았던 모양이다. 생활인으로서는 취해 있었으나, 예술가로서는 깨어 있었달까. 어쨌든 그가 결국 어느 겨울날 술에 취해 길에서 잠들었다가 얼어 죽었다는 사실은 못내 씁쓸할 뿐이지만.

몇 번쯤은 술이 창작의 활로가 될 수 있지만, 그것이 창작에 꼭 필요한 요소는 아니다. 예술가라고 해서 주사酒邪 등으로 남에게 주는 피해에 면죄부를 받을 수 없고, 패역무도함이 예술이라는 이름 아래 옹호될 수도 없다. 낭만주의적 예술가상을 흠모하던 시기에는 나도 술에 많이 의지했다. 그들의 기행을, 아니 속된 말로 지랄을 예술 정신으로서의 반항과 저항과 자기 경신의 노력으로 받아들였다. 지금은 그런 것들을 표출할 데는 오로지 작품 안이라고 생각한다. 예술을 핑계로 타인에게 상처를 입히거나 자기 파괴적인 행태를 부리는 것이 더는 그럴싸하게 보이지 않는다.

예술을 버리면 나는 곧장 늙어버릴 것이라고 믿었지만, 오히려 그때는 늙었고 지금은 젊다.

예술지상주의자至上主義者였던 나는 이제 그냥 지상주의자地上主義者가 되어버렸다. 내가 발 딛고 있는 땅이 가장 중요한 사람이 되었다. 내가 발붙이고 선 현실과 나와 같은 땅을 밟고 있는 이들을 예술보다 소중히 여기는 사람이 되었다. 저 높은 지상至上에서 지상地上으로 내려왔지만, 추락했거나 타락했다는 생각은 들지 않는다. 두 발을 디딜 수 있는 땅이 있어야 하늘도 올려다볼 수 있지 않은가. 나는 예전의 나보다 지금의 내가 훨씬 더 마음에 든다. 별다른 욕심 없이, 되도록 누군가에게 상처를 주지 않는 무해한 인간으로서, 부유할 것도 유명할 것도 없이, 예술에 잡아먹힌 생활이 아니라, 가끔 생활 속에서 피어나는 시를 쓰기도 하는 영혼이 반갑다.

그렇다고 최북을 아끼는 마음이 달라진 것은 아니다. 예전의 나는 기인 최북을 좋아했지만, 지금은 생활인 최북을 더 좋아할 뿐이다. 그는 아침밥을 위해 그림 한 점을 그리고, 저녁밥을 위해 그림 한 점을 그리는 최북이다. 그 그림을 술에 취해서 그리지 않는 최북이다. 또 나는 전업 작가 최북을 좋아한다. 그는 한 자루 붓으로 당당히 생계를 꾸린 최북이다. 그는 백여 점 정도의 작품을 남겼는데, 그중 수

작으로서 사람들 입에 오르내리는 것은 몇 점 되지 않는다. 예술혼을 담아서 완성한 작품보다 다만 팔기 위해서 또는 의뢰를 받아서 그린 것이 많기 때문일 테다. 그러나 지금껏 최북이 기억되는 데는 그 몇 점의 그림만으로도 부족하지 않았다.

만약 최북이 방금 내가 한 말을 들었다면, "네까짓 게 뭘 안다고 지껄이느냐!"라고 불호령했을 듯하다. 맞는 소리다. 나와 최북 사이에는 삼백여 년의 세월이 있고, 최북이 놓여 있던 시대와 환경은 현재에 비할 바 없이 척박하고 곤궁했다. 그래서 나는 더욱 최북이 애틋하다. 내가 아는 한 그는 우리나라 최초의 직업 화가다. 도화서圖畵署 같은 데 소속된 적 없이, 평생 그림을 내다 팔아서 먹고살았다. 유리 안경과 나무 필통을 끼고 종일 집에 틀어박혀 그림을 그리며, 자기 영혼과 생활을 지켰다. 지금으로서도 너무나 힘든 일이다.

적어도 내 주변의 예술가 중에 자기 작품만 팔아서 생계를 유지하는 이는 없다. 으레 여기에는 사회와 문화와 개인 차원의 여러 문제가 실타래처럼 얽혀 있지만, 전업 시인만 놓고 봤을 때 시 한 편에 적게는 삼만 원, 많게는 일이십만 원의 원고료를 받아서는 최저생계비조차 마련할 수 없다. 최북의 시대에도 오늘도 전업 작가로 살아가기란 낙타가 바늘구멍 통과하기만큼이나 힘든 노릇이다. 언제나 눈에 띄는 것은 바늘구멍을 통과한 몇몇 낙타의 모습이지만, 그 뒤로는 미처 사막을 건너지 못한 자들의 숱한 발걸음이 시시각각 모래바람에 지워지고 있다.

이현환의 저서인 『섬와잡저蟾窩雜著』의 「최북화설崔北畵說」에는 이현환과 최북이 주고받은 대화가 나온다. 이현환이 그대의 그림을 얻는 이는 그것을 보배로 여길 터이니 주저 말고 그림을 그리라며 최북을 독려하자 그는 이렇게 대답했다고 한다. "그림은 오직 내 뜻에 맞으면 그만일 뿐. 세상에는 그림을 아는 자가 드뭅니다. 참으로 그대의 말과 같다면 백 대 후의 사람이 이 그림을 보더라도 그림을 그린 나를 떠올릴 겁니다. 저는 뒷날 나를 알아주는 지음知音을 기다리려고 합니다."

나는 두말할 것 없이 최북의 지음이 되기에는 한참 모자란 사람이고, 그림에도 문외한이다. 그의 삶을 온전히 이해해 줄 수 없고, 그가 남긴 그림의 진가를 알아볼 수도 없다. 그래도 그가 한 말의 의미는 얼마간 헤아릴 수 있을 듯싶다. 백 대 후의 사람을 기다리는, 저 영원의 꿈을 느낄 수 있다. 생활과 영혼 그리고 영원을 잃지 않았던 한 사람을 잊지 않을 수 있다. 그러고 보면, 당장 저 좁은 바늘구멍에 내 몸을 욱여넣으려고 애쓸 필요가 있나 싶다. 누구의 삶이든지 바늘구멍에 들어갈 만큼 작은 생활도 영혼도 영원도 없다.

최북은 호사가들이 좋아할 만한 일화를 많이 남겼지만, 정작 그의 생몰 연대나 행적 등에 관해서는 구체적인 기록이 거의 없다. 다만 문신이자 학자였던 신광하가 최북이 죽은 후에 쓴 조시弔詩《최북가崔北歌》를 통해 그의 생애 전반을 헤아려볼 따름이다.

그대는 보지 못했는가, 최북이 눈 속에서 죽은 것을

(君不見崔北雪中死)

담비 갖옷에 백마 탄 이는 뉘 집 자식인가

(貂裘白馬誰家子)

그대들은 어찌 그의 죽음을 애도하지 않고

득의양양하는가

(汝曹飛揚不憐死)

최북은 비천하고 미미했으니 진실로 애달프다

(北也卑微眞可哀)

최북은 사람됨이 참으로 굳세었다

(北也爲人甚精悍)

스스로 말하기를 화사 호생관이라고 했지

(自稱畵師毫生館)

몸집은 작달막하고 한쪽 눈은 멀었지만

(軀幹短小眇一目)

술 석 잔 들이켜면 거리낄 것이 없었네

(酒過三酌無忌憚)

(…)

그림 한 폭 팔고 열흘을 굶더니

(賣畵一幅十日饑)

크게 취하여 돌아오던 한밤중에 성 모퉁이에 쓰러졌네

(大醉夜歸臥城隅)

묻나니, 북망산 흙 속에 수많은 사람이 묻혔건만

(借問 北邙塵土萬人骨)

어찌하여 최북은 삼 장 눈 속에 묻혔는가

(何如 北也埋却三丈雪)

오호라, 최북은 비록 얼어 죽었지만

(嗚呼 北也 身雖凍死)

그 이름은 영원히 사라지지 않으리라

(名不滅)

최북을 향한 연민과 안타까움이 물씬 풍기는 시다. 시의 끝부분을 읽고 있자니 이 글의 처음에 언급했던 〈풍설야귀인〉이 떠오른다. 그림 속의 나그네가 최북이라면 그는 끝내 눈보라를 헤치고 돌아가지 못했다. 〈풍설야귀인〉에서 그의 죽음을 읽어내는 것은 지나친 해석이고 미신이지만, 한겨울 밤 어디론가 돌아가는 나그네의 모습과 끝내 집으로 돌아가지 못하고 얼어 죽은 최북의 모습이 겹쳐 보이는 것은 어쩔 수 없다. 한 가지 위안이라면 시의 마지막 구절이다. 그림 한 폭 팔고 열흘을 굶던 생활이 끝나고, 삼 장 눈 속에 파묻힌 지친 영혼도 쉬고, 이제는 그 이름이 사라지지 않는 영원 속에 있다는 것.

최북의 어릴 적 이름은 식埴이고, 자字는 성기聖器 또는 유용有用이었다. 호는 성재星齋, 기암箕庵, 거기재居基齋, 삼기재三奇齋, 생은재生隱齋, 좌은坐隱, 월성月城, 반월半月, 기옹奇翁 등을 썼다. 나중에 스스로 이름을 북北이라고 바꾸고는, 자는 이름[北]

170

을 둘로 파자하여 칠칠ㄷㄷ이라 했으며, 호는 호생관이라 했다. 그 사람됨에 관해서 사람들은 주객이라고도 하고, 화가라고도 했으며, 기인 혹은 미치광이라고도 불렀다. 그림에 관해서는 산수화를 잘 그려 최산수崔山水라고도 하고, 메추라기를 잘 그려 최메추라기[崔鶉]라고도 했으며, 영모화를 잘 그려서 최수리, 최묘崔猫라고도 불렀다. 요즘은 그를 '조선의 빈센트 반 고흐'니 '조선의 아웃사이더'니 하고 부르기도 하는 모양인데, 최북은 그저 최북이다. 스스로 당당히 칠칠이라고 했던 최칠칠이다.

〈공산무인도〉는 근래 내가 가장 좋아하는 최북의 그림이다. 화면 오른쪽으로는 초가지붕을 얹은 소박한 정자와 잎사귀를 매단 나무 두 그루가 있다. 왼쪽으로는 산골에서 흘러 내려오는 물이 작은 폭포를 이루고, 그 주변은 물안개가 서린 듯이 흐릿하다. 왼쪽 위 여백에는 '空山無人 水流花開(공산무인 수류화개)'라고 화제를 썼다. "빈 산에 사람은 없으나, 물은 흐르고 꽃이 피네"라는 뜻이다.

마음이 어지러운 날이면 이 그림을 찾아서 한참 바라보고는 한다. 누군가는 여기서 무위자연의 도를 읽고, 누군가는 인생의 무상감을 읽기도 하지만, 내 눈에는 그저 한없이 고요하고 평화로운 풍광일 따름이다. 공산空山, 다시 말해 사람이 없는 산. 내 상상 속에서 저 무인無人의 세계는 다만 인적이 없는 곳이 아니라 사람이 품는 욕심과 원망과 슬픔 따위의 감정이 없는 세상이고, 사람과 사람이 맺는 구차한 관계가 없는 세상이며, 사람을 얽어매는 온갖 규제와 억압이 없는 세상이다. 무언가 없다는 것은 허무나 고독이 아니라 그만큼의 여유와 자유다. 그리고 그 속에서 물은 흐르고 꽃이 핀다.

　나는 저 빈 정자에 내가 떠나보낸 것들과 나를 떠나간 것들을 잠시 앉혀 놓는다. 미치도록 시인이 되고 싶었던 과거의 나와 시인으로 살며 몇 권의 책도 펴낸 지금의 나 사이에 머물렀던 것들이다. 눈앞의 계곡물을 바라보던 그들은 서서히 물안개처럼 흐려지다가 이윽고 저 물줄기에 뒤섞여 흘러가 버린다. 그리고 피어나는 꽃은 지금 나와 함께 사는 고양이들의 잠든 표정이기도 하고, 나를 아껴주는 사람의 미소이기도 하고, 시가 아니어도 시가 되지 못해도 좋은 마음이기도 하다. 떠나가는 것들에게는 잘 가라고 손을 흔들고, 다가오는 것들에게는 어서 오라고 손을 흔들어주다 보면, 어느새 내 곁에는 그림 속 정자처럼 소박한 생활

〈공산무인도空山無人圖〉
종이에 담채, 33.5×38.5cm, 개인 소장

이 남고, 그 정자 안에는 내 눈에는 틀림없이 보이는 영혼이 하나 있고, 이 모두가 들어가 사는 한 폭의 그림이 영원의 모습으로 와 있다.

백록성 위로 지는 해는 기우는데

(白麓城邊落日斜)

누런 잎 매단 나무 몇 그루 있는 곳이 내 집이네

(數株黃葉是吳家)

올해 팔월은 맑은 서리가 일찍 내리니

(今年八月淸霜早)

울타리의 국화는 마음 일으켜 이미 꽃을 피웠네

(籬菊生心已作花)

그 시절의 나와 지금의 나 사이에 무슨 일이 있었는지는 일부러 말하지 않는다. 내 삶이 유난히 슬펐던 것도 아니고, 그런 일쯤이야 당신도 겪었을 테니까. 무엇이 나를 바꾸었는지도 말하지 않는다. 저 무인공산에 흐르는 물과 피는 꽃은 저마다 다른 것이니까. 다만 최북이 남긴 몇 편의 시 중 하나인 위의 《추회秋懷》로 그 대답을 대신하고 싶다. 알다시피 국화는 사군자의 하나로 늦가을 추운 날에 홀로 피어 있는 꽃이다. 내게도 일찍 내린 서리 같은 일들이 있었고, 국화처럼 내 마음을 일으켜준 손길이 있었다. 그리고 꼭 시가 아니어도 괜찮다는 것을 그로부터 배웠다.

노를 젓지 않아도 물살과 바람이 배를 밀어가듯이, 오늘을 생활하는 것만으로도 영혼은 영원의 바다로 나아가고 있다.

* 이 글에서 최북에 관한 이야기는 유홍준의 『화인열전 2』, 최북미술관의 자료, 유재빈의 논문 「崔北, 奇人 화가의 탄생」 등을 참고했다. 인용한 시 등은 이들 자료를 참조하여 새로 옮겼다.

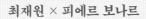

최재원 × 피에르 보나르

상상 - 기억의 그리움

✦

_____ **최재원**

시집 『나랑 하고 시픈게 뭐에여?』로 제40회 김수영문학상을 수상했다. 말로 다 못 하는, 말이 안 나오는, 말도 안 되는, 말을 못 잇게 하는, 말문을 막는 것들이 말을 거치지 않고, 말을 뚫고, 말없이 전달될 때, 두 세계가 거짓말처럼 몸을 겹쳐 자신과 서로를 껴안을 때 희열을 느낀다. 그림을 통해 텅 빈 공간이 얼마나 중요한가를, 테두리가 중앙만큼 소중하다는 것을, 성실함과 게으름은 뫼비우스의 띠처럼 공존해야 한다는 것을, 한계 속에서만이 한계를 뛰어넘는 자유를 탄생시킬 수 있다는 것을 배웠다. (새로운 도시에 가면 일단 미술관에 간다. 미술관에 가려고 새로운 도시에 간다. 전후로는 무조건 든든히 먹는다. 하나의 그림은 말 없는 하나의 도시, 한 사람의 무음의 세상, 여러 세계를 넘나들다 보면 배가 고프기 마련.)

_____ **피에르 보나르** (Pierre Bonnard, 1867~1947)

특유의 생생한 색채로 '최후의 인상주의 화가'라고도 불리는 프랑스의 화가이다. 그는 '앵티미슴intimisme'을 따랐는데, 이는 '친밀한'을 의미하는 프랑스어 형용사 앵팀intime에서 파생된 말로, 실내 정경 등과 같은 익숙한 장면을 정감 어리게 그려내는 창작 경향을 일컫는다. 포스터와 삽화, 무대장치와 의상 디자인 등 다양한 분야에서 활동했으나 1900년 이후부터는 회화에 집중했다.

기억을 찬찬히 더듬어 천천히 파인애플을 그리고 색을 입혀 보라. 동그랗고 길쭉한 파인애플의 열매. 꼭대기에 무성히 돋아난 초록색 잎. 샛노랗게 잘 익은 파인애플. 그리고 난 후 파인애플의 사진을 찾아보라. 진짜 파인애플을 구할 수 있으면 더욱 좋다. 실제로 파인애플을 보면 조금 놀라게 된다. 기억과는 꽤 다르게 생겼기 때문이다.

열매는 미세하게 비대칭이며 수직에서 한쪽으로 살짝 기울어져 있다. 특유의 격자무늬는 직선이 서로를 가로지르는 모양새가 아니라 다이아몬드 또는 오각형의 울퉁불퉁한 것들이 다닥다닥 붙어서 이루어져 있고 그 모양도 뜯어 보면 하나하나 다르게 생겼다. 생물책에 그려진 세포의 모습과 닮은 것 같기도 하다. 파인애플의 지문이라도 되는 듯한 알 한 알이 비슷비슷하지만 똑같지는 않은 데다 해변으로 떠 내려와 태양 빛에 속절없이 말라가는 불가사리의 건조하고 비틀린 다리 같은 것들이 돋아나 있어 굳이 손으로 만져 보지 않아도 거칠거칠하고 도돌도돌하고 따끔따끔하다. 잎은 머리 꼭대기에서 잔디처럼 돋아난 것이 아니라 줄기를 따라 올라가면서 펼쳐져 있고, 아래쪽의 잎들은 짧고 두툼한데 위쪽은 길고 얇다. 잎 각각의 실루엣을 따라가면서 천천히 관찰해 보면 끝이 짙은 적황색으로 변하며 굽어진 것도 있고 아주 뾰족한 것도 있고 비교적 넓적한 것도 있고 역시 저마다 다르다. 까지 않은 열매의 색으로 말할 것 같으면 잘 익은 것은 노란색보다는 붉은 갈색 혹은 주황색에 가깝고 아직 익지 않은 것의 줄무늬는 거의 검정에 무늬 안쪽은 연두를 띤 진회색이나 고동색이다. 아무래도 내 그림, 내 기억 속의 파인애플과는 많이 다른 것 같다.

그런데 파인애플의 그림과 파인애플을 번갈아 보다 보면 오히려 파인애플이 조금 어색하고 어딘가 이상하게 느껴진다. 무늬가 이렇게 괴상하고 불규칙했나? 원래 이렇게 칙칙하고 어두운색이었나? 한편, 파인애플이 무엇인지 알고 또 먹어본 적이 있는 다른 사람에게 파인애플의 그림을 보여주면 잘 그렸든 못 그렸든 실제와 비슷하건 다르건 간에 즉시 그것이 파인애플임을 알 수 있을 것이다. 이때 전달되는 것은 파인애플이라는 물체에 공용되는 시각적 기표뿐만이 아니라 파인애플에 대한 나의 개인적인 지각과 기억이기도 하다.

파인애플. 사물을 가리키는 말을 기억해 내는 것은 어렵지 않다. 그런데 파인애플의 생김새를 기억하는 것은 왜 어려운가? 그런데 애초에 내가 그린 파인애플이 내 머릿속에 존재하는 파인애플의 모습의 재현이라고 할 수 있는가? 그것이 아니라면 그 간극은 어디서 오는가? 왜 기억을 시각적으로 구현하는 것은 기억 속의 사물을 가리킬 때의 언어처럼 1:1의 대응이 아닌가?

그러고 보면 언어는 과연 1:1의 대응인가? 기억을 형상화하거나 언어화할 때 어떤 것이 더해지고 어떤 것을 잃게 되는가? 그것은 '그림 실력'이나 '어휘력' 같은 기술적인 문제일까 아니면 머릿속에 존재하는 파인애플의 상像이 사진같이 인화할 수 있는 시각적 정보나 기표의 군집으로 표현할 수 있는 기의가 아니기 때문인가? 무언가를 '떠올릴' 때, 무언가를 '기억해 낼' 때, 더 나아가 무언가를 '상상할' 때

내면의 눈앞에 나타나는 것을 뭐라고 부를 수 있을까?

또 한편, '보는 것'과 '보이는 것'은 일치하는가? 내가 보는 것, 즉 나에게 있어서 실상實像이라고 할 수 있는 것은 과연 실상實狀인가? 우리는 실상實狀과 거리가 있는 파인애플의 그림을 보고 어떻게 파인애플을 떠올릴 수 있는가? 그때 '마음속' 혹은 '머릿속'에 떠오르는 파인애플의 형상, 더 정확하게는 형상에 대한 기억은 그림과 더 가까운가 아니면 실물과 더 가까운가?

기억이 피워내는 심상의 시각적 전달은 어떻게 이루어지는가? 파인애플을 한 번도 보지 못한 사람은 그림을 보고 무엇을 떠올리는가? 우리는 그림을 통해 다른 사람의 눈과 코와 혀로 볼 수 있는가? 다른 사람의 기억을 경험할 수 있는가?

대학교에 입학하고 나서 어렸을 때 살던 동네를 보러 갔다. 아침에 등교할 때마다 늦어서 거의 굴러가듯이 달려 내려온 아파트 뒤편 언덕길의 가파른 경사, 결승점에라도 도달한 것처럼 종소리와 거의 동시에 아슬아슬하게 넘었던 후문, 십 분밖에 되지 않는 쉬는 시간 동안 어떻게 4층에 있는 교실에서부터 운동장으로 달려 나와 시합까지 할 수 있었는지는 모르겠지만 커다란 모래 운동장에서 흙먼지를 일으키며 격렬히 했던 축구, 슬라이딩하거나 넘어지면 무릎에 앉은 뽀얀 흙 위로 방울방울 맺히던 빨간 피, 학교 앞 떡볶이집의 끈적하게 졸여 들다 못해 퉁퉁 불은 검붉은 색의 쌀떡과 어묵, 캐러멜라이즈된 간장의 달콤한 냄새를 풍기며 먹음직스럽게 쌓여 있던 닭꼬치, 교실에서부터 들리던 삐약 삐약 소리, 종이 상자 안에 부숭부숭한 털 뭉치처럼 차곡차곡 끼워 넣어진 하얗고 노란 병아리, 병아리와 대조되는 짙은 남색의 장화를 신고 "두 마리 천 원"을 외치던 걸걸한 목소리, 상자가 조금씩 비어가면 보이던 쪼글쪼글한 상자 바닥의 축축하고 희멀건한 배설물, 학교 뒤 작은 산 여기저기 볼록 솟아 있던 병아리 무덤들, 누군가 키우던 병아리가 죽지 않고 닭이 되었대서 구경 갔다가 마주친 중닭의 희번득거리던 눈동자, 색색깔의 철봉으로 만든 기하학적 구조들로 이루어진 놀이터, 검은 해초와 하얗게 부서지는 파도가 번갈아 가며 물들였던 바다, 바다를 뜨겁게 달구던 8월의 해, 코와 입 속으로 들어오는 소금물, 발가락 사이로 사그락거리는 모래, 시내 한가운데 있던 유천칡냉면,

팽이버섯과 불고기가 버터를 바른 포일에 볶이면서 풍기던 복합적이고 고소한 냄새, 장마로 진흙탕이 된 운동장에서 굳이 흰옷을 입고 첨벙첨벙 뛰어다니다가 드러누워 샤워하듯 맞았던 비. 시내로 들어가는 입구에는 여전히 소방서가 있었고 새로 칠한 듯 페인트 냄새가 나긴 했지만, 소방차 특유의 변함없는 붉은 색과 바닷바람의 비릿하면서도 시원한 내음이 절묘하게 합쳐지면서 아직까지 내 속에 있는지도 몰랐던 기억들이 두서없이, 그러나 혀에 닿는 바닷바람의 짭짤함만큼이나 생생하게 휘몰아쳤다.

유천칡냉면은 없어졌지만 초등학교 앞 떡볶이집은 그 자리에 그대로 있었다. 일요일인데도 문을 열었고 아직 이른 시간이어서인지 충분히 끓지 않은 떡볶이의 발간 국물은 전분이 채 우러나지 않아 반쯤 투명하고, 쌀떡은 미끄덩미끄덩하고, 삼각형으로 잘린 어묵은 끝이 뾰족하고 얄팍했다. 컵볶이를 하나 사 들고 학교로 걸어갔다. 정문에 들어서는 순간 소인국에 떨어진 것 같은 기분이 들었다. 운동장이 너무 작아서 반대편에 있는 축구 골대는 몇 발짝이면 닿을 듯 우스꽝스러울 정도로 가까웠고 교장 선생님이 연설하던 높은 단상은 왜소하기 짝이 없었다. 학교 건물은 마치 납작한 레고 블록처럼 느껴졌다. 쫄깃하다 못해 억센 떡볶이를 질겅질겅 씹으면서 아무도 없는 운동장을 몇 바퀴 도는데 더 이상한 일이 일어났다. 조금 전까지만 해도 그야 말로 손바닥처럼 작게 느껴졌던 운동장이 온 방향으로 늘어나기라도 하는 것처럼 점점 커졌고 학교 건물은 점점 무거워졌다. 터무니없이 왜소하던 단상도 그럭저럭 올려다볼 정도는 된다는 것을 깨달았다. 운동장이나 단상, 학교 건물은 높이나 둘레가 정해져 있다. 그런데 왜 내게는 그것이 모형처럼 작게 보이다가 점점 크게 보일까. 내가 지금 보는 크기는 이제 실제의 크기와 일치할까. 실제의 크기라는 것은 뭘까. 몇십 년 후에 다시 이곳에 온다면 나는 무엇을 볼 수 있을까.

그즈음, 메트로폴리탄 뮤지엄에서 《피에르 보나르: 후기의 실내》라는 전시를 보았다. 피에르 보나르라는 후기 인상주의 프랑스 화가의 후기작을 중심으로 한 전시라고 했다. 메트로폴리탄 뮤지엄은 주로 작은 전시실들이 미로처럼 이어져 있기 때문에 정신없이 구경하다 보면 내가 몇 층에 있는지조차 헷갈리기 일쑤고, 게다가 나는 방향 감각이 없—다고 하기에는 항상 북쪽을 남쪽으로, 동쪽을 서쪽으로 생각하는 경향이 있—어서 걷다 보면 이상하게도 자꾸 고대 그리스 항아리가 가득한 방으로 돌아오곤 했기 때문에 열 번은 더 갔음에도 불구하고 아직 보지 못한 곳이 많았다.

보나르의 전시가 있었던 그라운드 플로어(땅과 같은 높이의 층)는 지도를 보며 처음 가보았는데 뒤쪽의 센트럴 파크로 이어지는 층임에도 불구하고 카페테리아와 주로 특별 전시를 하는 작은 전시실 두 개 외에 다른 시설이 없고 창도 없어서 지하로 내려가는 것 같았다. 공기도 왠지 무겁고 축축했다. 층계를 가운데 두고 각이 진 둥근 모양으로 이어지는 어두운 전시실에 들어섰을 때 가장 먼저 눈에 띈 것은 습기를 태워 삼킬 듯 타오르는 주황색과 노란색이었다. 전시실 카펫과 벽이 녹색이 감도는 짙은 회색이어서 그 색채가 눈에 띈 걸까, 그림의 색채 때문에 카펫과 벽이 회녹색이라고 느껴진 걸까.

그다지 크지 않은 80여 점의 그림은 응접실의 창으로 보이는 풍경도 간혹 있긴 했지만 꽃병과 꽃, 과일, 찻잔, 쟁반 등의 집기, 의자, 식탁, 식탁보, 수건, 커튼, 장식장 같은 천과 가구, 그리고 그 움직이지 못하는 물체들이 놓인 응접실, 욕실 등 정물과 실내의 정경이 주를 이뤘다. 차를 따르거나 바느질을 하거나 화면에 등을 돌리고 욕실에서 거울을 보거나 찬장에서 뭔가를 꺼내거나 하는 한 명의 인물이 반복해서 등장했는데 이 인물은 종종 정물이나 배경의 일부인 양 그들과 비슷한 채도, 명도, 질감, 디테일로 그려져 있고, 어떤 때는 꽃병에 꽂힌 꽃이나 찻잔만큼도 명암이 표현되지 않아 양감 없이 벽에 새겨진 무늬처럼 보이기도 했다. 다른 인물이 등장하는 그림도 거의 없거니와 이 주황 머리의 인물은 항상 화면 안쪽으로 몸을 틀고 있거나 화면으로부터 등을 돌린 채 누구와도 시선을 마주치지 않고 찻잔, 뜨개질거리 등 근경의 사물만 응시하고 있어서 사적이고 폐쇄적인 집이라는 공간 안에서도 또다시 자신만의 공간에 들어박혀 있는 느낌을 주었다.

모두가 보나르 자신의 집 안에서 그린 그림이라 그런지 전시실을 한 번 빙 둘러보자 해 뜰 녘부터 해 질 녘까지, 여름이 가고 겨울이 오고 또 봄이 올 때까지 그의 집 구석구석을 들여다보고 있는 붙박이 유령이라도 된 것 같은 기분이 들었다. 그리고 나는 뮤지엄이 문을 닫을 시간이라는

〈실내: 다이닝 룸*Intérieur salle à manger*〉
c.1940~1947, 캔버스에 유채, 84×100cm, 버지니아 미술관

안내 방송이 나올 때까지 몇 시간째 그곳을 떠나지 못하고 맴돌고 있는 나를 발견했다. 마지막까지 보고 있던 그림은 〈실내: 다이닝 룸〉이었는데 몸을 돌리기 위해서는 그림에서 눈까지 연결된 끈끈한 사슬을 억지로 끊어내야 했다.

피에르 보나르는 1867년에 태어나서 1947년에 죽은 프랑스의 화가다. 유복한 집안에서 태어나 부모의 뜻에 따라 법을 공부하고 변호사 자격을 취득해 1888년 잠시 정부 기관에서 일하기도 했는데 공식 변호사 등록 시험에는 실패한다. 어렸을 때부터 그림 그리는 것을 좋아했던 그는 일하며 이미 미술 대학에서 수업을 듣고 있었고 시험에 떨어진후 대학에서 만난 에두아르 뷔야르, 모리스 드니, 폴 세루지에 등과 함께 히브리어로 '예언자'라는 뜻의 새로운 예술을 표방하는 아방가르드 예술 단체 나비스Nabis를 결성한다. 열아홉 살의 모리스 드니가 쓴 "전투마거나 누드거나 삽화거나 하기 이전에 그림이란 종국에는 편편한 표면에 색이 어떠한 순서로 조립된 것임을 기억하라"라는 글은 나비스에 국한된 것이 아니다. 르네상스부터 19세기 초까지 이어진클래시시즘(고전주의), 리얼리즘(사실주의), 아카데미즘에서 벗어나 그림 내부적인 요소, 즉 모양, 색깔, 질감, 구성 등을 전면에 내세우며 실재를 재현하는 부수적인 역할에서 벗어나 자체적이고 독자적인 미를 추구하기 시작한 시기인 19세기 중후반 미술계의 시대정신을 잘 보여준다. 보나르는 뷔야르와 드니와 스튜디오를 나눠 쓰기도 했는데 무대 세트 디자인, 샴페인 회사의 포스터, 책 표지나 내지에 들어갈 드로잉과 판화 삽화, 데코레이티브 아트(장식미술)로 이름을 알리며 본격적으로 예술 활동을 시작한다. 1893년 마르트 드 멜리니를 만나 연인 사이가 되는데, 복잡한 개인사가 있지만 어쨌거나 1942년 마르트가 죽을 때까지 평생을 함께하게 된다. 1925년 마르트와 결혼하면서 칸네(지중해가 내려다보이는 프랑스 남쪽 끝)와 베르노네(프랑스 센강의 북서쪽 계곡)를 오가며 살았는데, 이때부터는 욕실, 응접실, 침실, 정물, 정원, 집에서 보이는 풍경 등 친밀한 소재를 주로 그렸다. 마르트는 1900년경부터 보나르의 그림에 모델로 등장하기 시작해 평생에 걸쳐 수백 점의 드로잉과 그림의 주인공이 되었다.

보나르가 1890년경 그린 것으로 알려진 〈막사의 풍경〉이나 〈여인과 개〉 등 그의 초기작을 보면 테두리를 선으로

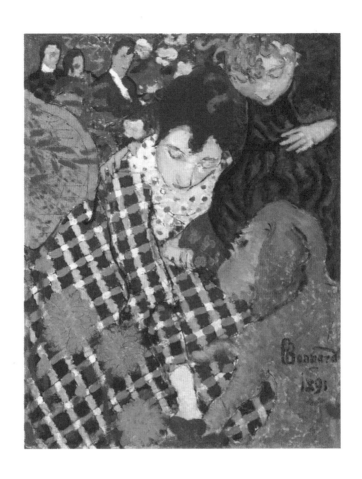

〈여인과 개*Femmes au chien*〉
1891, 캔버스에 유채와 잉크, 41×32.5cm, 클라크 박물관

처리하거나 천을 편편하지만 화려한 색의 조합으로 묘사하는 등 19세기 중후반 프랑스에서 큰 인기를 얻은 에도시대의 풍속화 우키요에의 영향을 볼 수 있다. 명암으로 양감을 표현하는 대신 납작하게 처리된 세밀하고 화려한 무늬, 그림자의 부재, 유려한 실루엣과 그를 효과적으로 강조하는 여백(네거티브 스페이스)의 사용, 원근법을 따르지 않는 새로운 공간에 대한 감각 등은 19세기 중후반 프랑스 작가들에게서 공통적으로 보이는 특성이다.

보나르는 아카데믹한 형식주의에서 벗어나서 회화의 새로운 시대를 열었다고 할 수 있는, 이후의 작가들에게 크나큰 영향을 미친 마네, 세잔, 모네와는 한 세대 정도, 고갱과 고흐보다는 반 세대 정도 이후에 태어났고, 앙리 마티스와 두 살 차이로 거의 동시대를 살았으며, 파울 클레, 에른스트 키르히너, 파블로 피카소, 조르주 브라크, 마르크 샤갈, 막스 에른스트, 후안 미로 등보다는 십 년에서 한 세대 정도 먼저 태어났다. 1890년경부터 1947년까지 60여 년을 작업했으니 사회적으로나 예술적으로나 격변의 시기를 산 셈이다.

그런데 그의 그림은 특히 후기로 갈수록 '현실 도피적'

이라고 말할 수 있을 정도로 점점 폐쇄적이고 사적이며 사회와 동떨어져 있을뿐더러 미술사에서도 애매한 위치를 차지하고 있다. 당시에도 그에 대한 평가가 갈렸던 모양이다. 특히 피카소는 "[보나르] 얘기는 꺼내지도 마라. [그건] 그림이라고 할 수도 없다"라며 보나르의 그림에 대해 "우유부단의 집합체"라는 평가를 내린 것으로 유명하다. 한편 마티스는 1947년 보나르 사후에 오랑주리 미술관에서 있었던 그의 회고전에 대해 평론가이자 『예술 보고서 Cahiers d'art』의 편집장, 갤러리스트였던 크리스찬 저보스가 쓴 비난조의 칼럼 「피에르 보나르는 위대한 화가인가?」 여백에 "그렇다! 지금도 미래에도 그는 틀림없이 위대한 화가라고 내가 보증한다"라는 메모를 썼다.

2009년 메트로폴리탄 전시의 도록 『피에르 보나르: 후기의 정물과 실내』는 메트로폴리탄 뮤지엄 웹사이트에서 무료로 읽을 수 있는데, 도록을 한번 살펴보면 피카소가 그는 "모더니즘 화가라고 할 수는 없다"고 한 말이 이해되기도 한다. 소재나 그것의 구상, 그리고 구도가 얼핏 보면 일반적이고 전통적이며 특히 피카소의 특기인 전복과는 거리가 멀다.

⟨욕조의 누드 *Grand nu à la baignoire*⟩
1940~1946, 캔버스에 유채, 122.5×150.5cm, 카네기 미술관

하지만 그 전시를 보는 내내 나는 넋이 나가 있었다. 내가 모르는 방식으로 진공을 채운 것을 볼 때 폭죽이 터지고 당장 무언가를 만들고 싶다는 창조의 욕구를 느꼈다. 색색의 흰색, 새로운 새벽의 황홀함, 말에서의 휴식, 바이올린 E현에서도 브릿지에 가까운 곳을 긋는 것 같은 활, 공기 없이 전달되는 색의 소리, 보이는 것과 본 것의 기억을 집요하게 오가는 이념에 갇히지 않은 눈. 저보스는 그가 인상주의의 마지막 횃불을 드는 것에도 새로운 그림의 시대에 참여하는 것에도 실패한 화가라고 결론 내렸지만, 나는 보나르에게는 격자에 들어맞지 않는 독보적이고 희한한 삐뚜름함이 있다고 생각했다.

이후로 어떤 박물관에 가든 항상 보나르의 작품을 찾아보게 되었는데 피에르 보나르의 그림 중 가장 잘 알려져 있다고 할 수 있는, 욕조에 누워 있는 마르트를 그린 그림들이 2009년 전시에서는 빠져 있었다는 것을 알게 되었다. 큐레이터의 말에 따르면 이 시리즈가 남기는 인상이 너무나 강렬하기 때문에 그의 다른 그림을 보는 경험에 방해가 될까 봐 뺐다고 한다. 피츠버그의 카네기 미술관에 소장되어

있는 〈욕조의 누드〉를 보면서 그것도 그럴 만하다고 생각
했다.

〈욕조의 누드〉는 욕조에 누워 있는 마르트를 그린 네 점
의 유화 중 하나로, 마르트가 가슴께까지 물에 잠긴 채 욕
조에 누워 있고 뒤쪽으로는 벽이, 앞쪽으로는 바닥의 타일
과 작은 매트 위 강아지 한 마리가 있다. 마치 물에 비친 장
면을 보는 것처럼 온통 일렁이는 색과 형태가 평범하고 안
정적일 수도 있는 구도를 가진 이 그림을 완전히 다른 것으
로 변모시킨다. 직선이라고는 찾아볼 수 없이 삐뚤삐뚤한
타일과 욕조는 전체적으로 왼쪽 위에서 오른쪽 아래로 기
울어져 있는데, 특히 머리 쪽 욕조 아래 타일 무늬가 바닥
안으로 빨려 들어가는 것처럼 그려져 있고, 그에 비해 왼쪽
의 바닥 타일은 부풀어 오르는 것처럼 묘사되어서 다리가
있는 화면의 왼쪽이 무게 없이 공중에 붕 떠 있는 느낌을
준다.

특히 욕조는 딱딱한 물체가 아니라 건드리면 터질 것 같
은 비눗방울처럼, 오른쪽 다리를 살짝 굽히고 역시나 물성
이 있는 신체라기보다는 물 위에 비친 상 또는 얇은 막처
럼 그려져 있는 마르트의 실루엣을 따라 울렁울렁 그려져

있다. 마르트의 머리가 있는 쪽의 욕조가 그나마 각이 지고 면면이 주황, 에메랄드그린, 어두운 푸른색으로 구분되어 있기 때문에 양감이 있는 반면 다리 쪽으로 갈수록 코발트 블루와 옅은 핑크색, 갈색 등이 섞여 들며 욕조, 욕조에 있는 물, 마르트의 다리, 벽과 바닥의 타일을 구분하는 테두리가 거의 사라진다. 추상에 가까워지는 것 같기도 하고, 눈가에서 흩어지는 시야 같기도 하고, 꿈속 같기도 하고, 잡으려 할수록 멀어지는 기억 같기도 하다. 벽과 바닥은 인디고, 울트라마린 블루, 붉은 갈색, 마젠타, 샛노랑, 틸그린, 그리고 차가운 흰색의 네모 타일들로 구역들이 나눠진 듯하면서도 하나의 색을 넓게 발라 단번에 칠한 것이 아니라 옅은 농도의 색을 짧게 여러 번 겹쳐 칠해서 마치 서로가 서로를 조금씩 물들이려 하는 것 같다. 곳곳에서 햇빛이 하얀색 노란색 크레파스를 휘두르는 듯 번쩍인다.

나도 모르게 숨을 참게 되었다. 눈앞에 펼쳐진 화면이 영원히 각인될 것 같기도 하고 눈을 감으면 명멸하며 사라질 것 같기도 했다.

보나르는 대부분의 그림을 스튜디오에서 기억에 의존해 그렸으며 완성한 그림을 계속 다시 손보기 일쑤였다. 심지어 미술관에 걸린 그림을 고치기 위해 가드에게 돈을 주고 문 닫은 미술관에 몰래 들어가 고친 일화도 있다.

하나의 그림에 몇 년을 쏟거나 화면의 일부 혹은 전체에 새로운 그림을 덮어씌우거나 한참 후에 예전에 그린 그림으로 다시 돌아오거나 하는 것은 흔한 일이다. 하지만 보나르의 그림에는 모든 그림이 아직 진행 중인 것 같은 특이한 느낌을 주는 데가 있다. '완성'되지 않았다는 말이 아니라 그의 시선이 나와 함께 그 그림에 계속 머물고 있다는 것이다. 죽고 없는 보나르의 살아 숨 쉬는 기억을 엿보고 있다는 것이다.

모리스의 말마따나 그림은 캔버스 천 위에 놓인 물감일 따름이다. 어떻게 그림에 숨을 불어 넣었을까.

보나르의 그림을 처음 본 메트로폴리탄 뮤지엄으로 돌아가기로 한다. 뮤지엄과 가장 가까운 지하철역은 걸어서 십 분 정도 걸리는 초록색 선의 77번가 역인데, 나는 주로 이십오 분 정도 걸리는 지하철 노란색 선의 72번가 역이나 86번가 역을 이용한다. 가끔은 57번가 근처에 내려서 사오십 분 정도 걸어가거나 공원을 걷다 가기도 한다. 산책은 나의 오랜 습관 중 하나다. 스노글로브는 가만히 내버려 둬야 눈이 가라앉지만 나의 머리는 반대로 되어 있는 것 같다. 오래 걸을수록 먼지가 가라앉고 내가 잠재워지고 새로운 것을 받아들일 수 있는 '안 본 눈' 상태가 된다.

상반된 두 가지 경우에 다 쓰이는 말들에 끌린다. '만에'가 그렇고 '안 본 눈'도 그렇다. '우리는 1년 만에 다시 만났다'의 경우, 상대를 애타게 보고 싶었던 것이라면 '만에'는 우리가 1년 만에 '겨우' 다시 만났다는 뜻으로 쓰일 테고, 보고 싶지 않은 상대를 마주친 것이라면 우리는 1년 만에 '벌써' 다시 만나(버렸)다는 뜻으로 쓰일 테다. '안 본 눈' 역시 너무 좋은 것을 보아서 처음 보았을 때의 신선함으로 돌아가고 싶을 때도, 너무 끔찍한 것을 보아서 그것을 보기 전으로 돌아가고 싶은 상황에서도 쓰인다. 끔찍한 것을 보고 그것을 안 봤었더라면 하는 마음은 쉽게 이해가 되지만 너무 좋은 것을 보았을 때도 왜 안 본 눈을 원할까?

바티칸에서 라파엘의 그림을 보았을 때 나도 모르게 울컥했다. 그림을 보면서 눈물이 날 정도의 동요를 느낀 적은 단 네 번뿐이다. 메트로폴리탄의 보나르, 바티칸의 라파엘, 김환기 미술관의 김환기, 그리고 조그만 휴대폰 화면에서 구글 이미지 검색으로 본 브라크의 새 시리즈. 2017년 뉴욕 현대 미술관에서 있었던 피카비아의 전시라던가 역시 같은 곳에서 2015년에 있었던 피카소의 조각 전시, 멧 브루어 미술관에서 야심차게 준비했으나 코로나로 중단되었던 2020년 게르하르트 리히터의 비운의 회고전 등 전시를 보고 나서 그 재능, 온전하고도 치열한 전념, 한계를 시험하고 재구성하고 부수고 새로운 질서를 세우고 그것을 또다시 시험하며 끝없이 이어지는 창조를 목격하며 자극받아 등줄기가 서늘할 정도로 소름이 끼치거나 고개를 절레절레 흔들며 혀를 내두른 적은 많았지만, 이 네 번의 경우에는 그와는 다른 마음의 움직임이 있었다.

움직일 동動 자는 무거운 짐[重]과 그것을 옮기는 힘[力]으로 이루어져 있는데, 움직일 동 자에 마음 심心 자가 붙으면 '서러워하다', '대단히 슬퍼하다'를 뜻하는 동慟 자가 된다. 마음이 움직이면 눈시울이 붉어지고, 극도의 기쁨은 비애와 맞닿아 있는 데는 이유가 있지 않을까.

나는 다음날 날이 밝자마자 다시 라파엘을 보러 바티칸으로 향했다. 그런데 아무리 봐도 어제와 같은 감동이 밀려오지 않았다. 오히려 어딘가 밋밋하고 어제는 그렇게 마음을 뒤흔들어 놓았던 색과 형태의 조화가 웬지 어색하고 지루하게 느껴졌다. 아무리 눈을 깜빡여 보아도 비슷했다. 조금 실망해서 숙소로 돌아왔고 하루에 거의 이십 킬로미터를 걸었던 며칠을 보내고 로마를 떠나기 전에 다시 한번 바티칸으로 향했다. 이때는 처음과는 다른 모습의 새로운 감동이 밀려왔다.

로마 구시가지 한복판에서 숙박시설을 운영하던 주인은 로마에서 태어나고 자랐으며 평생 로마를 떠난 적 없다면서도 그간 단 한 번도 베드로 성당이나 바티칸, 심지어 숙소 바로 옆에 있던 판테온도 가본 적이 없다고 했다. 그러고 보니 나도 덕수궁도 창경궁 비원도 외국에서 친구가 왔을 때에야 처음 갔다.

사람은 저도 모르는 사이에 주변의 것들에 익숙해진다. 아무리 좋은 것도 눈에 익으면 그것이 주는 신선함, 설렘, 재미, 즐거움이 바래기 마련이다. 기억과 지각은 연결되어 있다. 같은 것을 보고 듣더라도 기억의 유무에 따라, 기억의 종류에 따라, 완전히 다른 것으로 '느껴지는', 아니 '실제로' 그렇게 보이거나 들리는 것이다.

파인애플의 기억이 있는 상태에서 파인애플의 그림을

보고 파인애플을 상상하는 것과 파인애플이 뭔지 모르는 상태에서 그림을 보고 떠올리는 것이 다른 것처럼, 어릴 때의 기억을 가지고 학교를 보는 것과 그렇지 않은 것이 다른 것처럼. 예술은 기억과 지각의 혼합체, 상상이다. 想像. 상을 생각하는 것. 상을 그리워하는 것. 상상을 위해 필요한 것은 언제나 뜬 눈과 안 본 눈 사이의 줄다리기다.

메트로폴리탄 뮤지엄에 입장해서 정중앙에 있는 넓은 층계를 올라가지 않고 그 밑으로 들어가면 고딕 교회 안에 들어온 것 같은 중세 섹션이 있다. 커다란 콰이어 창살 앞에서 왼쪽으로 돌아 쭉 걸어가다 보면 메두사의 머리를 들고 있는 페르세우스의 동상이 아침의 햇살을 받아 따뜻한 주황빛으로 빛나며 서쪽으로 길게 그림자를 드리우고 있다. 동상을 지나면 화장실이 있는 복도가 나오고 복도 끝 오른쪽에 근현대 미술 섹션이 1층과 2층으로 나뉘어 있다. 메트로폴리탄이 소장하고 있는 보나르의 수십 점의 드로잉, 판화, 수채화, 유화 중 현재 전시된 것은 아홉 점의 유화로, 일곱 점이 2층에 있고 두 점이 1층에 있다.

시대나 사조로 엄격하게 나누어 놓은 것은 아니지만 1,

〈베르노네의 다이닝 룸*La salle à manger, Vernonnet*〉
1916, 캔버스에 유채, 95.3×145.4cm, 메트로폴리탄 뮤지엄

2층의 분위기는 상이하다. 2층은 피사로, 마네, 드가, 세잔, 모네, 르누아르, 고갱, 고흐 등의 그림이 있고 부드럽고 환상적이며 목가적인 그림이 많은 한편, 1층에는 양차 세계대전을 경험한 조르조 데 키리코, 장 뒤뷔페, 막스 베크만, 프랜시스 베이컨, 알베르토 자코메티, 살바도르 달리, 발튀스 등의 작품이 있는데 시대가 시대이니만큼 야심차면서도 처절하고, 어둡고, 어딘가 꼬여 있는 느낌이 든다. 현실의 재현으로부터 완전히 독립하여 색의 모양과 리듬만으로 구상한 그림이나 꼭 '초현실주의'라고 분류되지는 않더라도 초현실적인 혹은 탈현실적인 그림이 많다. 이 중 피카소와 브라크, 샤갈과 한 방에 있는 보나르의 작품은 〈목욕 후〉와 〈베르노네의 다이닝 룸〉이다.

　몇 년 만에 보나르의 그림 앞에 다시 섰다. 〈베르노네의 다이닝 룸〉은 화면의 대부분이 따뜻하면서도 음울한 붉은 색깔의 벽지가 발린 실내로 이루어져 있고, 오른쪽 끄트머리에는 안쪽으로 열린 문밖으로 마치 꽃무늬 벽지라도 발라 놓은 마냥 전경과 원경의 구분 없이 납작하게 그려진 정원이 보인다. 화면의 앞쪽으로는 반쯤 잘린 원형 테이블과 오른쪽에 빈 의자가 하나 놓여 있고, 그와 마주 보는 왼쪽 끝에는 마르트가 찻잔을 앞에 두고 앉아 어딘가를 응시하고 있다. 마르트의 옷과 얼굴은 이 그림에서 가장 밝고 높은 채도로 그려져 있는데 특히 불타는 듯한 오렌지색 옷은 그녀가 옷을 입고 있는 것이 아니라 옷에 휩싸인 듯한 느낌을 준다.

마르트 뒤로는 하반신이 가려진 한 인물이 마르트의 차에 우유를 따르려는 듯 몸을 앞으로 기울이고 있다. 이 인물은 벽에서 솟아나기라도 하는 것처럼 벽과 비슷한 명도로 얼기설기 칠해진 어두운 보라색 옷을 입고 있는데, 마르트 쪽으로 내민 두 손과 흰 저그만은 빛을 받아 보라색과 분홍색, 살구색이 감도는 흰색으로 밝게 처리되어 있다. 화면의 중앙에는 테이블과 비슷한 크기의 장식장이 있고 그 위에는 모자와 정체를 알 수 없는 물건들이 놓여 있는데, 화면의 가운데에서 약간 위로 치우친 곳에 놓인 커다란 화병이 단연 눈에 띈다. 꽃이 사방으로 꽂혀 있어 화병이 거의 보이지 않을 정도로 풍성한데, 앞쪽으로 나와 있는 꽃 몇 송이는 마르트의 옷처럼 밝은 채도로 칠해져 있지만 한편으로는 시든 것처럼 목이 꺾여 있고, 뒤쪽의 꽃봉오리와

줄기 주위는 짙은 남색이 에워싸고 있어 현실적인 그림자 보다는 만화나 판화의 테두리처럼 보인다.

그림을 보자마자 느껴지는 것은 왼쪽 위의 적색 화면과 오른쪽 아래의 청백색 화면이 사각의 캔버스를 사선으로 나누며 만들어내는 대비, 그리고 그 대비가 불러일으키는 기우뚱함이다. 왼쪽과 위쪽에 무게감이 있는 물체가 많고 여러 각도와 크기로 나눠진 면이 많은 데다 불투명한 적갈색이 두텁게 발려 있기 때문에 색과 질감(이하 색질감色質感. 색은 흔히 물감의 특성이라고 생각하기 쉽지만 물성이 있는 색을 구성하는 것은 물감 자체의 특성과 그것이 발린 묽기, 그리고 표면 간의 상호작용, 즉 색질감이다.)만으로도 밀도가 높고 묵직하다. 거기다 입을 굳게 다물고 무표정으로 멍하니 앞을 응시하는, 정원을 바라보는 것 같기도 하지만 한편으로는 아무것도 바라보지 않는 것 같기도 한 마르트라든가, 역시 표정이 없어 속을 알 수 없는 얼굴로 마르트에게 다가오는 인물, 마르트와 그 인물 사이의 일상적이면서도 상징적인 시선의 단절, 아래로 고개를 숙인 화병의 꽃들, 그 위에 걸린 무채색의 그림 등 모두가 같은 자리에 존재하나 각자만의 공간과 시간 속에 갇혀 있는 듯 적막하다. 무음의 긴장감이 감

돈다.

그에 비해 화면의 오른쪽과 아래는 에메랄드와 마젠타 계열의 밝고 투명한 색으로 칠해진 테이블과 문의 큼직큼 직한 면이 주를 이루고, 노란색, 주황색, 연녹색, 청록색, 보 라색 등등의 형형색색으로 터지는 폭죽처럼 그려진 정원이 얼핏 보이기 때문에 쾌활하다고까지는 할 수 없어도 싱그 럽고 바람이 좀 드는 것 같은 가벼운 맛이 있다. 무거운 것 이 위쪽에 있기 때문에 화면이 한쪽으로 기운다. 보라색 옷 을 입은 인물의 앞으로 쏠린 자세라든가 둥근 테이블의 끝 부분이 타원처럼 원근법에 따라 감기지 않고 오른쪽 아래 로 빨려가도록 그려진 방식, 실내와 실외를 나누는 외벽의 벽돌이 아래로 내려올수록 오른쪽으로 기우는 모습, 보면 볼수록 삐뚤삐뚤 그려진 문은 이 기우뚱함을 더욱 배가시 킨다. 시각적으로뿐만 아니라 심리적으로도 기우뚱한 데가 있는 이 그림은 오른쪽으로 약간 기운 채 멈춰 있는 시소, 모래 한 알만 더해지더라도 오른쪽으로 완전히 쏠려 버릴 것 같은 시소의 아슬아슬하고 위태로운 균형을 닮았다.

〈목욕 후〉도 마찬가지다. 이 그림에서 마르트는 그림의 중심에서 왼쪽으로 조금 빗겨 난 곳에서 앞으로 걸음을 내딛는 듯 오른쪽 발을 떼고 있는데 무게중심이 앞으로 쏠렸을뿐더러, 양감이 있는 상체에 비해서 종아리 아래는 배경과 섞여 드는 것처럼 희미하게 그려져서 앞으로 넘어지거나 강렬하게 도드라지는 신발 한 켤레만 바닥에 남겨두고 붕 떠서 날아갈 것만 같다. 카네기 미술관에서 봤던 〈욕조의 누드〉와 비슷한 효과다.

이 그림에는 특히 중의적인 순간이 많다. 마르트 왼쪽에 흰 천을 든 손은 수건을 둘러주려는 것인가 아니면 수건을 벗겨주는 것인가? 마르트는 욕조에서 방금 나온 것인가 이제 막 들어갈 참인가? 마르트의 뒤에 있는 거울에 비친 적갈색의 그림자는 그녀의 뒷모습인가 아니면 화면에는 등장하지 않지만 마르트의 앞쪽에서 이 광경을 바라보고 있을 보나르의 역광 속 모습인가?

2층에는 거의 보나르의 작품으로만 이루어진 보나르 전시실이 있는데, 인물이 등장하지 않는 풍경화도 있고 〈베르노네의 테라스〉처럼 집 안의 공간과 외부의 공간이 공존하는 그림도 있다. 〈베르노네의 테라스〉의 공간 운용은 참 특이하다. 화면을 세로로 나누는 커다란 보라색 나무는 제일 앞쪽에 있는데, 뒤쪽의 숲이나 하늘과의 거리가 느껴지

〈목욕 후 *Après le bain*〉
1910, 캔버스에 유채, 121.9×64.8cm, 메트로폴리탄 뮤지엄

지 않아 그 사이에 있는 모든 것들이 안에 갇혀 있다. 나무 옆에 서 있는 마르트와 그 옆에 역시 원근감 없이 조그맣게 그려진 인물의 주변으로는 푸른색 덤불이 마치 동굴처럼 그들을 감싸고 있는데, 여기서도 마르트는 오렌지색 옷을 입고 배경과 대조되어 혼자만 잘라 붙인 것처럼 무표정으로 어디도 아닌 곳을 바라보고 있고, 그 옆의 인물은 뒷배경에 흡수되는 듯 비슷한 색으로 그려져 있다. 붓질은 흐르는 것 같기도 하고 멈칫멈칫한 것 같기도 하며, 배경에서도 물감이 빽빽하고 두껍게 발린 부분들과 수채화처럼 옅게 칠해진 부분들이 앞으로 나왔다 뒤로 갔다 하며 원경과 근경의 차이를 어지럽힌다.

호물호물한 테두리, 삐뚤삐뚤한 선과 면, "우유부단"할 정도로 반복되는 붓질, 고립된 인물들, 분리된 공간들로 이루어진 구도, 한쪽으로 쏟아질 것 같은 무게중심, 근경이 멀리 도망가고 원경이 가깝게 다가오며 만들어내는, 시각으로는 동적이면서도 심리적으로는 꽉 막혀 있는 듯한 긴장감, 포지티브 스페이스(일반적으로 인물, 사물이 차지하는 공간)와 네거티브 스페이스(포지티브 스페이스를 둘러싼 배경)가 색질감을 통해 끊임없이 전환되면서 한 시점에 고정된 순간

〈베르노네의 테라스*La terrasse à Vernonnet*〉
1939, 캔버스에 유채, 148×194.9cm, 메트로폴리탄 뮤지엄

을 보는 것이 아니라 시간과 그에 따라 변화하는 공간이 쌓이고 쌓인 듯한 화면. 보나르의 그림에서는 동물과 정물, 실내와 자연, 고립과 연결, 그림자와 빛, 구상과 비구상과 같은 상반된 것들이 정해진 문법이나 공식을 따르는 대신 유기적으로 마찰하며 소리 낸다. 섬세하면서도 포화된 색을 통해 활성화된 화면 곳곳이 꿈틀대고 일렁인다.

   나는 그의 시각의 지층을 보고 있다. 그의 눈길이 닿았던 모든 것이 그의 그림 속에서 뛰어놀기도 하고 그 무게에 짜부라져 있기도 하면서 움직이고 있다. 그의 붓에 묻은 물감과 그것을 내려놓는 방법은 느리고 소박하지만 집요하리만큼 의식적이다. 그가 그림을 그리면서 바라보는 것은 눈앞에 놓인 캔버스와 거기에 조합된 색과 모양, 한편 그 위에 중첩된 심상에 펼쳐진 기억이다. 그의 붓은 명멸하는 기억의 테두리부터 가장 안쪽까지를 꾸물꾸물 기어 다닌다. 기억은 한눈에 볼 수 있는 것도 이름 붙일 수 있는 것도 아니기 때문이다. 기억은 부서져 있고 웅크려 있고 혼합되어 있고 도망가고 덮쳐오고 불투명한 눈으로 나를 다시 바라본다. 나는 그가 가장 어려운 부류의 상상을 하고 있다고 생각한다. 자 없는 상상. 사다리 없는 상상. 철근 없는 상상. 곧 무너져 내릴 것 같은 상상.

내가 어릴 때 뛰놀던 운동장에서 본 것은 나의 기억이자 나의 상상이다. 파인애플을 그릴 때 나타나는 것은 파인애플의 기억이자 그의 재조합, 그리고 재조합에서 태어나는 새로운 것, 즉 상상이다. 보나르의 그림에는 설계도를 보지 않고 영원한 것을 지어 나가는 사람의 아슬아슬한 비틀거림이 있다. 1998년 뉴욕 현대 미술관에서 열렸던 《보나르》전 도록에는 칸네의 집 욕실을 찍은 사진이 실려 있다. 좁다. 평범하다. 하얀 욕조. 하얀 벽. 하얀 변기와 싱크대. 두 사람이 들어가면 몸을 돌릴 수 있을까 싶다. 광각 카메라로 찍은 것이니 실제로는 더 협소할 것이다. 그러니까 나는 그의 그림에서 실상이 아니라 그의 상상을 본 셈이다. 실제의 크기가 아니라 기억의 크기를 본 셈이다.

보나르의 그림은 오래오래 보고 있을 수 있다. 봐도 봐도 안 본 눈처럼 새롭게 바라볼 수 있는 것은 사각의 틀에, 무게와 점도와 질감을 가지고 중력과 표면장력, 마찰력의 영향을 받는, 인간이 만들어낸 빛의 모형을 가지고 끊임없이 시간의 흐름, 빛의 질주에 저항하는 보나르의 집착 때문일지도 모른다. 무위로 끝날 것을 알면서도 빛이 바랠 새도 없이 기억을 색칠하고 상상을 그리는 보나르. 삐뚤삐뚤한 선은 끝까지 지켜보아야 어디로 가는지 알 수 있다. 이런 게 그림이지, 하고 생각한다.

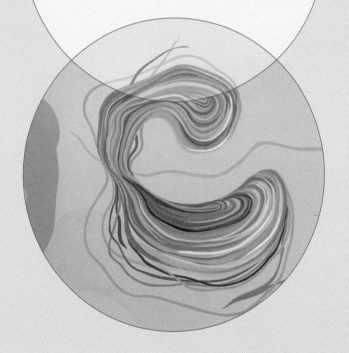

박세미 × 이소화

아직 건너오지 않은 그림

_____ 박세미

1987년 서울에서 태어났다. 2014년 『서울신문』 신춘문예에 당선되어 작품 활동을 시작했으며, 시집 『내가 나일 확률』을 펴냈다.
그림을 질료 삼아 언어가 움직일 때가 있다. 고맙고 기쁜 일이다.

_____ 이소화 (Leesohoah, 1988~)

미국을 기반으로 활동하는 한국 추상화가. 1988년 서울에서 태어나 1990년대 가족과 함께 미국으로 이민을 갔다. 뉴욕주립대학교FIT를 졸업하고, 최근에는 비교적 화려한 색채로 캔버스를 가득 채우는 〈지문 Fingerprint〉 시리즈 작업을 이어나가고 있다. 반복되는 도상을 이용한 패턴 디자인 작업도 한다.

Sohoah. 그녀의 이름이다. 나는 이 글을 쓰기 전까지 이것이 영문식 이름인 줄 알았다. 알고 보니 '소화'였다. 작은 꽃이라는 뜻. '이윤경'이라는 한국 이름이 있지만 영문 이름역시 한국식인 셈이다. 지난 십 년간 나는 그녀를 윤경 하고 불렀지만, 이 글에서만큼은 친애하는 화가로서, 소화라고 부르기로 한다.

소화를 처음 만난 건 한국에서였다. 이 말인즉슨 그녀의 삶이 한국에 있지 않다는 뜻이다. 그녀가 개인사정으로 잠시 한국에 머물게 되었을 때, 나의 가장 친한 친구의 소개로 만났다. 솔직히 말하면 첫 만남이 도통 기억나지 않는다. 그리 오래전 일도 아닌데, 어디에서 어떤 모습으로 만나 무슨 이야기를 나눴는지 단 하나의 단서도 남아 있지 않다

〈검은 콩*Black bean*〉
2013, 60.96×40.64cm, 캔버스에 유채, 작가 소장

는 것이 기묘할 뿐이다. 다만 그녀에 대한 나의 기억은 하나의 그림으로 시작한다. (사실 이마저도 뚜렷하지 않다.) 실제 그림이었는지, 핸드폰 속 사진이었는지도 모르겠다. (암담하다, 정말.) 분명한 것은 소화의 그림이다. 언뜻 보기엔 연필로 그린 듯한 모노톤의 작품이었는데, 검은 콩 하나와 식칼이 놓여 있는 그림이었다. 그걸 본 순간 내 몸은 즉시 반응을 일으켰고, 아마도 사람들이 흔히 말하는 소름, 소름이 맞을 것이다. 그리고 내 입에서 튀어나온 말은 이것이다.

"나 시 써도 돼?"

차가운 식탁 위에
있다
거꾸로 세워진 유리컵에 갇혀 있다
천장은 투명한 만큼 무겁다
나는 꺼내줄 수 있다

방안에 앉아 있다
벽은 나의 등에 기대어 있다
움직일 수 없다

방문은 누가 열어주나?

도마 위에
있다 검은콩 하나가
거대한 식칼의 날을 마주보고 있다
나는 찍어내릴 수 있다

방은 밤 한시에 가장 밝게 타오른다
시체처럼 누워 있는 내가 있다
소리지르지 않는다

오래 달궈진 프라이팬 위에
있다 검은콩 하나가
나는 불을 끌 수 있다

검은콩과 나는 익는다
그곳에 가만히 있다

《검은콩 하나가 있다》

그날 이후 우리는 전혀 의도하지 않았지만, 우리를 소개해 준 친구보다도 둘이 더 자주 만났다. 친구의 친구인 상태를 생략하고, 바로 친구가 된 셈이랄까. 그때 우리는 많은 시간 고통에 대해 이야기했다. 과거 슬프고 아픈 기억들, 돌파하기 어려운 것처럼 보이는 현재의 수많은 문제들에 대하여. 그리고 무엇보다 소화의 그림과 나의 시에 관해 많은 이야기를 나누고 헤어지곤 했다.

그러던 2013년 겨울 어느 오후, 전화가 울렸고, 모르는 번호였지만 그랬기 때문에 나는 손을 떨었다.

"여보세요? 네… 네… 감사합니다."

나는 엄마를 시작으로 대여섯 명에게 차례대로 전화를 걸었다. 마지막은 소화였다.

"윤경아, 나 등단했어."

지금에 와서야 등단이라는 단어에 큰 의미를 부여하지 않을 수 있다는 것도, 제도가 일으키는 다양한 문제와 한계에 대해서도 생각할 수 있게 되었지만, 내게 좋은 날이 평생 오지 않을 수도 있다는 예감 속에서 하루하루를 이어나가고 있던 나에게 등단이라는 사건은 일종의 신의 표식 같았다. 입안의 상처를 혀로 자꾸 건드려보는 것처럼, 불행과 고통의 감각에 익숙해진 나머지 그것에 중독되어 있던 나에게 좋은 일이 생겨버렸고, 나는 그 순간을 정성껏 받아들일 필요가 있었다. 소화는 그 과정을 곁에서 정성껏 지켜봐주는 친구였다.

그러던 어느 날, 그녀가 말했다.

"언니, 나 미국으로 돌아가야 될 것 같아."

그간 수차례 소화로부터 그녀가 살던 곳에 대한 이야기를 들어왔지만, 정작 그녀가 그곳으로 돌아갈 것에 대해서는 생각해 본 적 없었다. 만남처럼 헤어짐도 갑작스럽고 간단하게 일어났다.

우리는 영상 통화와 이메일을 통해 계속해서 서로의 존재를 확인했다. 시차란 신기한 것이었다. 나는 늘 그녀보다 13시간을 앞서 살고 있었고, 우리가 함께 깨어 있는 시간은 세 시간 남짓밖에 되지 않았다. 주로 우리의 영상 통화는 나의 밤과 그녀의 아침에 이루어졌다. 그래서인지 몰라도 주로 내가 감정적인 토로를 하면 소화가 이성적이고 합리적인 조언을 하는 식이었고, 상당 부분 나의 연애 상담이 주제였다.

그러나 이메일을 통해서는 서로의 작업에 대한 이야기들이 오가곤 했다. 나는 시집을 읽다가 좋은 시가 있으면 소화에게 보냈고, 소화는 내게 소개해 주고 싶은 그림들을 보내주었다. 소화는 장르와 스타일에 국한되지 않고 다양한 이미지들을 내게 소개해 주었는데, 그중 나를 사로잡은 것은 폴란드 화가인 즈지스와프 벡신스키의 작품이었다. 남녀로 보이는 두 신체가 앉은 자세로 서로를 껴안고 있는 모습이었는데, 서로의 뼈와 근육이 엉키고 파고들어 하나의 화석이 된 듯 보였다. 나의 눈이 그 기괴하고 적나라한 정적인 작품을 천천히 훑을 때 나의 가슴 안쪽에서는 큰 슬픔과 작은 희열이 우글거렸다. 어떤 생각을 떠올리기 전에, 몸이 먼저 반응하는 순간은 어떻게 찾아오는 것일까? 사고의 과정을 거치지 않고 바로 들이닥치는 감정은 도대체 어디에 은둔해 있다가 돌연 체계를 무시하고 출몰하는 것일까? 예술 작품이 건드리는 무엇, 아무튼 나는 그 무엇이 마음대로 하도록 놔두었다.

이러한 경험은 시를 쓸 때 나의 언어가 조금 더 자유롭게 움직이도록 하는 데 도움이 된다. 적어도 경직된 체계로

부터 벗어나 언어를 타고 출몰하는 다음 언어를 기다리는
사람에게는.

그렇게 소화와 만나지 않고 소통한 지 몇 년이 흐르고,
정말 우연치 않은 기회로 미국 LA로 출장을 가게 되었다.
남은 휴가를 모조리 끌어 소화가 있는 뉴욕으로의 여정을
확보하고 나서야, 나는 무척 설레었다. LA에서의 2박 3일
업무를 마치자마자 밤 비행기를 타고 여섯 시간을 날아 뉴
어크리버티 국제공항에 도착했다. 새벽 6시였다. 피곤이 누
적되어 무거워진 몸, 그리고 내 몸보다 큰 여행용 캐리어를
겨우 이끌고 공항을 빠져나왔다. 우버를 잡아타고 소화가
일러준 주소에서 내렸다. 낯설고 상쾌한 아침 공기를 들이
마시며, 그녀가 어서 오기를 기다렸다. 건물 코너 뒤로 서두
르는 발자국 소리가 들렸고, 나는 그것이 그녀의 것임을 알
고는 숨었다가 짠, 하고 나타났다. 꺄악, 우리는 소리를 지
르며 서로를 꼭 껴안았다. 반가움이라는 것이 이토록 설레
고 애틋한 감정이었다니.

소화의 차를 타고 소화의 집, 그러니까 소화의 어머니와
아버지가 함께 사는 집으로 향했다. 뉴저지알파인을 지나

며, 이곳은 부자들이 사는 동네고, 우리 동네는 그 옆 클로스터라는 곳이라고 소화는 설명했다. 나는 물었다.

"집이 안 보이는걸?"

그리고 소화의 대답을 듣기도 전에 깨달았다. 도로 쪽에서 볼 수 있는 건 대문뿐이고, 그 안으로 차를 타고 한참을 들어가면 내가 상상할 수 없는 크기의 집이 나타날 것이라는 걸. 대문에서는 보이지 않는 집처럼, 내가 가늠하기엔 어렵도록 큰 부라 어떤 감정도 일지 않았다.

알파인을 빠져나왔는지, 집들이 보이기 시작했다. 그래도 여전히 내 눈엔 대저택들이었다. 서울의 집들과는 다르게 집마다 푸른 마당을, 낮은 울타리를, 큰 나무 몇 그루를 가지고 있었다. 꿈의 집들.

유난히 작은 꽃들이 알록달록 심겨 있는 한 주택 안으로 들어섰고, 우리는 차에서 내렸다.

"우리 집이야."

"와……."

어쩐지 기분이 이상했다. 유치하고 못난 감정이라는 것은 단박에 알았다. 그간 나와 소화가 공유했던 비슷한 고통과 슬픔, 좌절과 불안이 거기 없어 보였기 때문에, 그리고 보금자리에 대한 나의 처지를 비교하기에 충분할 만큼 눈에 선명히 들어오는 집이었기 때문에 나는 당황했고, 급기야 배신감을 느꼈다. 그러나 온전히 내 안에서 일어난, 스스로 만들어낸 배신이었다는 사실 또한 금방 알아챘으므로 서글펐다. 또한 서울과 뉴저지를 단순 비교할 수도 없으며, 그간 소화와 그의 가족이 이곳에 자신들의 삶을 안착시키기 위해 얼마나 긴 시간 동안 힘들게 노력해 왔는지 알고 있었기 때문에, 내가 느낀 감정은 부끄러울 만하다.

한가운데 킹사이즈의 침대가 있고, 아름다운 조명과 책상이 널찍하게 배치되어 있으며, 정원이 보이는 창이 난 소화의 방에 나는 짐을 풀었다. 한쪽 벽에는 길이 5미터쯤 되어 보이는 대형 캔버스가 걸려 있었고, 한창 작업 중인 것처럼 보였다. 그려지고 있는 와중의 그림이 주는 에너지 같은 것이 있었다. 마치 파도의 결이 저마다의 색깔을 갖고 웅크렸다 풀어지는 것 같은 미완성의 그림은 다음의 붓질을 기다리며 움직이고 있었다.

집 안 곳곳에 소화의 크고 작은 그림들이 걸려 있었다. 대부분 한국에서 돌아와 그린 그림들이었다. 그중에서 거실 소파 뒤에 걸린 〈나의 턴〉은 보는 순간, 웃음이 났다. 너

⟨나의 턴*My turn*⟩
2017, 121.92×121.92cm, 캔버스에 아크릴, 개인 소장

무 좋아서.

그곳에서 5박 6일을 머물게 될 것이었다.

뉴저지의 아침은 고요하고 쾌적하고 따뜻했다. 큰 나무들이 우거져 있고, 새소리와 물소리가 들리고, 노루와 다람쥐가 뛰어다녔다. 나는 서울에서보다 일찍 일어나 이만 닦은 후 모자를 눌러쓰고 동네를 산책했다. 가능한 한 천천히 아무 생각 없이. 어떤 풍경을 아무런 의도 없이 오래 바라보거나 듣거나 느끼는 경험은 스스로 곳간을 비우는 여유와 힘을 갖게 했다.

산책을 마치고 돌아와 어머니가 준비해 두시고 나간 아침밥을 소화와 맛있게 먹었다. 설거지를 하고 나갈 준비를 마치면, 소화가 나를 뉴욕으로 데려다주었다. 허드슨강을 바라보며 조지 워싱턴 브리지를 건너 뉴욕으로 가는 길은 영화의 한 장면 같았다. 소화가 일하는 동안 나는 아침 9시부터 저녁 6시까지 혼자 맨해튼을 방황해야 했다.

누구에게나 각자의 뉴욕이 있을 것이다. 누군가에게는 화려한 마천루들의 도시로, 누군가에게는 센트럴 파크에 누워 책을 읽는 낭만의 장소로, 또 누군가에게는 무서운 월

세와 물가를 감당하며 겨우 자리를 지키는 생활 터전으로 존재하는 곳. 나는 여행을 할 때 계획을 세우기보다 계획 없이 움직이는 걸 좋아했고 사람이 많으면 기겁했기에 기 어코 한적한 곳을 찾아다니는 편이며, 관광지보다는 동네 구석에 숨겨진 가게들을 구경하다가 커피나 마시고 숙소로 돌아오는 경로를 즐기는 사람이었다.

하지만 뉴욕을 대하는 나의 자세는 달랐다. 특별한 목적 없이 뉴욕으로 여행 올 일은 다시 없을 것 같았고, 문화예 술 업계에 종사하고 있는 자로서 현대 건축가들의 일생일 대의 프로젝트들이 집결해 있는 뉴욕에서 샌드위치나 먹다 가 집에 갈 수는 없는 노릇이었다. 건축은 그 공간 안에 직 접 몸을 입장시켜 감각해 보지 아니하고는 그것에 대해 말 할 수 없다고 생각해 왔다. 주요 미술관과 건축물을 얼추 세어보니 하루에 세 곳 정도는 둘러보아야 했고, 그러려면 오전에 한 곳, 점심 먹고 두 곳을 둘러보아야 했다. 이동시 간까지 고려하면 꽤 부지런히 움직여야 하는 일정이었다.

뉴욕 현대 미술관, 뉴욕 솔로몬 R. 구겐하임 미술관, 휘 트니 미술관, 메트로폴리탄 뮤지엄, 뉴 뮤지엄, 센트럴 파 크, 하이웨이, 그라운드 제로, 제인의 회전목마, 더 오큘러스, 그레이스 팜, 글라스 하우스 등이 그 목록이었다.

가장 먼저 들른 곳은 단연 뉴욕 현대 미술관이었다. 빈센트 반 고흐와 파블로 피카소의 대표 작품들이 소장되어 있는 곳, 예술가들이 자신의 작품이 영구 소장되기를 꿈꾸는 곳, 국제적 미술 트렌드를 견인하는 곳, 무엇보다 아름다운 중정을 품은 미술관. 천천히 전시를 둘러본 후 그 중정에 앉아 여유롭게 햇볕을 쬐는 언젠가의 내 모습을 가끔 상상하곤 했다. 마침 내가 방문했을 때《콘크리트 유토피아를 향하여: 유고슬라비아의 건축 1948~1980》이라는 건축 전시가 열리고 있었다. 그동안 노출되지 않았던 국가의 현대 건축 세계를 조명하고, 특정 시기의 매력적인 건축의 탐험을 관람객들에게 선사하는 것을 보면서 뉴욕 현대 미술관의 저력을 새삼 실감했다. 그러나 중정에는 너무나 많은 사람들이 와글거리고 있어 내가 상상했던 여유는 누리지 못했다.

그 후로 구겐하임 미술관에서 열리고 있던《자코메티》전, 휘트니 미술관의《The Face in the Moon: Drawings and Prints by Louise Nevelson》, 뉴 뮤지엄의《John Akomfrah: Signs of Empire》와《Thomas Bayrle: Playtime》등을 보았다.

이 전시들이 모두, 아니 내 목록에 없는 훨씬 많은 전시들이 서울의 7분의 1도 안 되는 맨해튼에서 동시간대에 열리고 있다는 사실이 놀랍기도 하고 무섭기도 했다. 그렇게 하루를 전시로 꽉 채우고 나면, 소화와 함께 저녁을 먹으면서 그날 보았던 인상적인 장면들에 대해 이야기를 나눴다. 그리곤 자전거를 빌려 센트럴 파크를 달렸다. 저마다 다른 공간에서 예술을 향유할 수 있는 밀도를 가졌다는 것, 도시 한가운데에서 바람을 즐길 수 있다는 것, 이것이 맨해튼의 매력이구나 생각했다.

그러나 한편으로 뉴욕이라는 도시가 가진 물리적, 비물리적 밀도만큼이나 그곳의 경험은 빈틈없는 산문 같았다. 그에 비해 소화의 집이 있는 뉴저지, 더 정확하게 클로스터는 나에게 시간의 소거를 허락해 주었다. 시가 나에게 그러한 것처럼.

하루는 소화가 월차를 내고 함께 교외로 나가기로 했다. 일본의 건축 스튜디오 SANNA가 설계한 그레이스 팜과 20세기를 대표하는 미국 건축가 필립 존슨의 글라스 하우스를 방문하기 위해서였다. 두 곳 모두 영업시간을 확인하고 갔지만, 그레이스 팜은 어쩐지 문이 닫혀 있는 모양이었다. 소화가 확인해 보니, 전날 태풍의 영향으로 전봇대가 쓰러져 갑작스레 운영을 중단한 것이다. 거대한 자연이 펼쳐진 농장의 일부에 강처럼 유연한 형태로, 또 그들의 전매특허인 얇은 기둥을 다리 삼아 사뿐히 내려앉았을 SANNA의 건축물을 보지 못해 못내 아쉬웠다. 하지만 소화와 차에서 나눈 대화가 아직 기억에 남는 것을 보면, 그때 코네티컷주 뉴캐넌에 위치한 그레이스 팜까지 갔던 것은 잘한 일이었다. 나는 건축 기자라는 나의 직업이 요구하는 어떤 역량에 대해 의문을 품고 있었고, 그것을 소화에게 이야기했다.

"기자라는 건 대개 날카로운 비판 의식이 있어야 하잖아? 그 점이 내 적성에 안 맞는 것 같아."

"그게 무슨 뜻이야?"

"나는 건축하고 건축가가 마냥 좋아. 좋은 점만 눈에 들어오거든. 나는 늘 그들을 향해 찬사를 보내는데, 어느 순간엔 마치 나의 기자로서의 관점이 없는 것처럼 느껴져."

"그럴 수 있다고 생각해. 저널리스트는 질문하는 사람이잖아? 조금 더 냉정하게 대상을 바라볼 필요가 있지 않을까?"

나는 고개를 끄덕였고, 마침 소화는 그레이스 팜에 문제가 있는지 문의하기 위해 잠시 차에서 내렸다. 그녀는 금방 돌아와 나에게 상황을 설명하고 돌아가야 될 것 같다고 했다. 차를 유턴하자마자 그녀는 이어 말했다.

"그런데 말이야, 언니. 아까 대답 다시 해도 될까? 내가 잠깐 생각해 봤는데, 그게 언니의 능력인 것 같아."

"능력?"

"응. 무엇을 좋아하는 능력 말이야. 오히려 냉정하게 바라보는 것은 쉬운 것 같아. 언니가 감화된 건축이나 건축가에 대해 오히려 그 이유를 잘 설명하는 법을 훈련하고 발달시켜 보는 것은 어때?"

"고마워."

그전에 내가 고개를 끄덕였던 것은 진심의 수긍이었지만, 나의 답을 찾았다고 느낀 것은 아니었다. 그것을 소화는 알아챘고, 다시 한번 생각과 대화를 이어가 주었다. 별 것 아닌 고민에도 한 걸음을 더 나아가 주는 마음. 그 어렵고 귀한 우정을 가르쳐준 소화에게 아직까지 고맙고, 존경을 표한다.

차를 돌려 글라스 하우스로 이동하는 동안 우리는 흘러나오는 음악의 가수에 대해, 그 삶에 대해 이야기를 나누었다. 도착해서 둘러본 글라스 하우스는 인상적이었다. 건축적으로 생각할 거리가 많았지만 그 이야기는 다음 기회로 미루기로 하자. 그곳에서 본 것 중 하나 언급하자면, 원형 갤러리다. 건축가가 자신의 주말 별장으로 지은 글라스 하우스는 그 옆에도 벽돌 하우스, 수영장, 조각 갤러리 등이 함께 있는데, 그중에 하나다. 필립 존슨은 건축가이면서 아트 컬렉터이기도 했다. 도슨트는 그가 말년에 글라스 하우스에서 머무르며 앤디 워홀, 재스퍼 존스 같은 미술 거장들과 교류하며 지낸 이야기를 해주며, 그가 수집한 작품들이 수장되어 있는 원형 갤러리로 안내했다. 마치 무덤으로 들어가는 듯 입구를 통과하자 지하의 원형 공간이 모습을 드러냈다. 신기하게도 작품이 걸린 커다란 벽들이 원형 공간의 중심으로부터 천장의 레일을 따라 시곗바늘처럼 돌아갈 수 있도록 설계되어 있었다. 자신이 원하는 작품을 때에 따라 원하는 곳에 위치시키기도 하고, 벽을 겹겹이 두어 보관하기도 하는 것이었다. 사랑하는 작가의 작품을 소장한다는 것, 어떤 공간에 어떤 방식으로 소장할지 고민한다는 것에 대해 처음 생각했던 것 같다. 이 경험이 직접적인 영향을 주었는지는 알 수 없고, 당시에는 연결시키지 않았지만, 지금 생각하니 돌아오는 차 안에서 이 이야기를 하게 된 것이 우연은 아닌 것 같다.

"나, 너의 그림을 갖고 싶어."

"진짜?"

"응. 내가 사는 첫 예술 작품이 너의 그림이었으면 좋겠어."

"좋아. 나도 언니가 내 작품 하나쯤 갖고 있으면 좋을 것 같아."

"정말 좋겠다!"

"집에 걸려 있는 것들 중에 골라 봐."

소화의 집으로 돌아온 나는 소화가 씻고 잘 준비를 하는 동안 집에 걸린 그녀의 그림들을 찬찬히 둘러보았다. 예전에 그린 드로잉 시리즈들도 있었지만, 나는 소화의 최근작인, 제법 큰 크기의, 비교적 화려한 색들이 쓰인 지문 시리즈에 눈이 갔다. 〈문 위의 구멍〉, 〈이야기의 라운드〉, 〈아티초크의 타임아웃〉, 〈나의 턴〉 등이 그것이었다. 그 그림들

〈문 위의 구멍Hole on doors〉
2016, 91.44×60.96cm, 캔버스에 아크릴, 작가 소장

〈이야기의 라운드*Round of tales*〉
2016, 91.44×91.44cm, 캔버스에 아크릴, 개인 소장

〈아티초크의 타임아웃*Artichoke's timeouts*〉
2017, 71.12×91.44cm, 캔버스에 아크릴, 개인 소장

에는 커다란 지문들이 있었다. 지문의 결들이 겹치고, 엉키고, 풀어 헤쳐지면서 또 다른 존재로서 탄생하기를 욕망하는 것 같았다. 그것에 선명한 색들이 입혀지면서 살아 움직이는 것 같았다. 만약 몇 년 후에 그림을 마주했을 때 그 속의 지문이 사라졌다 해도 납득할 수 있을 만큼.

　나는 이 집에 처음 와 나를 웃게 한, 〈나의 턴〉으로 결정했다. 지문의 풀어진 정도와 사용된 색의 배합, 그리고 지문 옆에 또 다른 덩어리 존재들이 마음에 들었다. 작품의 모든 점이 나를 기쁘게 했다. 약 120×120센티미터의 크기를 가진 이 그림이 내 방에 걸린다면, 나는 혼자서도 자주 웃을 수 있을 것 같았다. 소화는 흔쾌히 그 그림을 나에게 판매하기로 했다. 그러나 가장 중요한 문제가 있었다. 이 그림을 한국까지 가져가는 일이었다. 페인팅 작품이었기 때문에 그림을 캔버스 액자에서 떼어내 말아 지통에 넣어 가져가야 했는데, 문제는 이미 액자에 씌워진 그림의 여백이 그림을 떼어내면서 손상되고 이를 새 액자에 씌울 경우 그림의 테두리가 잘리게 되는 것이었다. 그러나 이 작품은 1밀리미터라도 잘리게 되면 원래의 구성과 균형이 깨지게 되기 때문에, 소화도 나도 그걸 원하지는 않았다.

한국으로 돌아와 2년 정도 흘렀을 쯤, 나는 그 그림이 내 공간으로 건너오기를 다시 한번 시도해 보고 싶었다. 소화에게 내 뜻을 전하니 한국에 갈 때 가져가겠다고 답해 주었다. 하지만 코로나로 전 세계가 팬데믹을 겪으며 소화가 한국에 오게 될 여지는 점점 더 줄어들게 되었고, 또 다시 2년이 흘렀다. 아직까지도 소화와 그림은 한국으로 건너오지 못했다. 요즘 같은 세상에 어떤 것이 여기에서 저기로 옮겨 가는 일이 이렇게 어려울 수 있을까 싶지만, 코로나는 우리에게 많은 것을 빼앗아 가고 어떤 부분에 대해서는 엄하게 가르쳐 주었다.

시간이 지연될수록 나는 내 공간에 그녀의 그림을 걸게 될 순간을 더 간절히 기다리게 된다. 소화의 얼굴을 본 시간보다 떨어져 지낸 시간이 이제 훨씬 더 많게 되었지만, 그녀에 대한 나의 애정이 더 깊어진 것처럼. 그녀의 그림에 대해서도 같은 마음이다. 언젠가 우리가 다시 만나게 될 때, 그리고 그녀의 그림이 내 공간에 존재하게 될 때를 떠올릴 때마다 나는 웃게 된다. 이것이 작은 꽃의 기쁨.